前　言

　　《岳飞传》是一部以岳飞抗金的故事为题材，略带有历史演义色彩的英雄传奇小说。本书在改编过程中，除了依据清朝钱彩等的《说岳全传》外，还融合了民间的口头传说，不但丰富了故事内容而且增加了趣味性和可读性。

　　岳飞，字鹏举，是南宋著名的爱国将领。岳飞出生三天，黄河决堤，母亲带着他坐在莲花缸里逃到了麒麟村。在麒麟村里，岳飞幸运地拜周侗为师，并和王贵、汤怀、张显、牛皋等结为兄弟。几个少年英雄，满怀一腔热血来到大宋军队。然而，面对金兵的入侵，朝廷的奸臣却不顾国家的安危，将立下战功的岳飞遣返回家。在岳飞抑郁不得志时，岳母为了鼓励岳飞，含泪在岳飞的背上刺了"精忠报国"四个字。在岳母的鼓励下，岳飞决心誓死捍卫大宋的江山，于是率领众弟兄重返军队。金国的四太子用重金收买奸臣秦桧，一面假意同大宋议和，一面加紧进攻。岳飞识破金兀术的奸计，率领岳家军多次打败金军。金兀术命军师哈密蚩设下连环阵，岳飞等人齐心协力，大破连环阵，岳飞的长子岳云活捉了金兀术。牛皋为了泄愤，将金兀术骑在胯下进行羞辱。金兀术逃回金营后，一怒之下命秦桧除掉岳飞。秦桧向皇帝进献谗言，用十二道金牌令追回了势如破竹的岳家军，然后假传圣旨将岳飞抓进大牢。然而，在"君要臣死，臣不得不死"的腐朽思想之下，岳飞不准王横反抗，并把岳云带在身边，以防其造反，最后怀着对奸臣的怨愤和忠孝节义俱全的自我安慰，与岳云、张宪一起被害于风波亭上。

全书故事跌宕起伏，在写法上融中国传统小说和当代小说为一炉。为老故事增加了新鲜的元素，围绕岳飞、牛皋、金兀术、秦桧等人，作者大胆创作，重新组织情节。在描写上虽不免有落入俗套的地方，但总体看来，语言准确精炼，生动流畅。情节安排前后呼应，波澜起伏，颇能引人入胜。

希望本书能够得到广大读者的喜爱。

编　者

目录

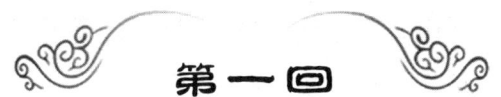

第一回

 立雪听书终拜师

一个寒冬的早晨，下了几天的大雪后，雪终于停了，天却更冷了。西北风肆虐地刮着，大地一片纯白，雪反射着太阳光，刺得人眼睛生疼。村里只有十几户人家，家家屋檐上堆积着厚厚的雪，地上看不到一个脚印，整个村庄都笼罩在一片寂静与荒凉之中。村子靠西边的一家，屋子虽然旧，小院却格外的整洁。门外的雪，好像打扫过了很多次，只剩下薄薄的一层留在地上。

一个十二三岁的孩子走出屋子，穿着两袖和膝盖都打着补丁的棉衣，头上戴着一顶破毡帽，他顶着寒风，艰难地打开门从里面出来。出来后，他返身要把门关上，风太大，小孩儿一回手先抓紧门把手，用力往外一拽，听到里面的门闩落实的声音，又重新推了推门才离开。

扑面吹来的西北风，一阵比一阵紧，道又滑，小孩儿顶着风，踏着雪，深一脚、浅一脚，走走停停。刚走出村口，忽然刮来一阵更大的风，风中夹杂着的碎雪，打得他满头满脸都是。他一会儿把身子侧着走，一会儿把头埋得深深的顶着风走，实在冻得受不了了，就把冻红了的两只小手连同袖口一起罩在耳朵上，倒着往前走。等风小了，再转过身向前走，顺着地形的高低，一路跌跌撞撞地向前跑。

这个孩子名叫岳飞，字鹏举，是河南相州汤阴县人。传说岳飞本是天上的大鹏金翅法王，当年星官女士蝠在佛祖讲经时放了个臭屁，于是大鹏鸟一嘴啄死了女士蝠。为了惩罚它的鲁莽，佛祖把它贬下凡间。

父亲岳和直到四十岁，妻子姚氏才生下岳飞，两人非常疼爱岳飞。岳飞出生的第三天，岳和为了庆祝老来得子，于是大摆宴席请乡亲们吃饭。不幸的是，生日宴当天，天降大雨，黄河决口。乡亲们四处逃散，岳和也忙把姚氏和岳飞放进院子当中的莲花缸里，正准备自己也进莲花缸的时候，一个大浪打来，把岳和卷到了滔滔洪水当中。姚氏怀抱着岳飞，随着莲花缸漂到了麒麟村，被王明王员外给救了下来。从此母子二人相依为命。

岳飞从小就聪明过人，小眼睛亮晶晶的显得格外精神，他的目光中透露出同龄人少有的成熟。到了上学的年龄，姚氏没有钱供岳飞读书，就让岳飞去河边挑河沙，然后用小木棍在河沙上教岳飞认字。

那年春天，岳飞进山里拾柴，发现村里柳树林后面有一所学馆。岳飞在门口偷偷地听了一会儿，深深地被老师精彩的讲课内容所吸引。岳飞又偷偷地去听了几次，发现这个学堂老师的讲课方式很特别。尤其是兵法和战术方面，讲得有声有色，很容易理解。回家后，岳飞四处打听才知道，这个学堂的老师名叫周侗，是陕西人，虽然已经六十多岁了，但人看起

中国历代通俗演义故事·农闲读本

岳飞传

原著　钱　彩　等
编著　铁　徽
插图　宋宇航

吉林出版集团股份有限公司

图书在版编目（CIP）数据

岳飞传／铁徽改编.—长春：吉林出版集团股份有限
公司，2008.11（2023.8 重印）

（中国历代通俗演义故事：农闲读本）

ISBN 978-7-80762-929-0

Ⅰ.岳… Ⅱ.铁… Ⅲ.章回小说—中国—清代—缩
写本 Ⅳ.I242.4

中国版本图书馆 CIP 数据核字（2008）第 165854 号

YUEFEI ZHUAN

书　　名	岳飞传	
出版策划	崔文辉	
责任编辑	刘　洋	
助理编辑	邓晓溪	
出　　版	吉林出版集团股份有限公司	
	（长春市福址大路 5788 号，邮政编码：130118）	
发　　行	吉林出版集团译文图书经营有限公司	
	（http://shop34896900.taobao.com）	
制　　作	猫头鹰工作室	
电　　话	总编办 0431-81629909　营销部 0431-81629880	
印　　刷	三河市金兆印刷装订有限公司	
开　　本	889×1194 毫米　1/32	
印　　张	6.25	
字　　数	104 千字	
版　　次	2008 年 11 月第 1 版	
印　　次	2023 年 8 月第 2 次印刷	
标准书号	ISBN 978-7-80762-929-0	
定　　价	38.00 元	

（如有印装质量问题请与出版社调换。联系电话：18533602666）

来很精神。至于周侗的武艺和学问,那就更神了,上知天文,下知地理,十八般武艺样样精通,梁山好汉林冲就是他的徒弟。

岳飞出生的时候,正是宋徽宗崇宁二年二月十五日。当时,宋徽宗赵佶昏庸无道,任用童贯、蔡京、梁思成、李彦、王黼、朱勔等六贼,搜刮民脂。弄得老百姓有田不能种,有家不能回。加上黄河连年水患,百姓怨声载道。很小的时候,岳飞的耳朵里听得最多的就是金贼的凶狠和残忍恶行,及人们对朝廷无道,致使金贼长驱直入、荼毒生灵的怨恨。一想到大宋的江山大半落入金人之手,岳飞就恨得牙根痒痒,恨不能立刻长大上战场,杀死这些昏庸的官吏和野蛮的金贼。岳飞越来越渴望读书习武,报效祖国。

周侗是村里几个员外花了很多心思才请来的。周侗的脾气比较怪,他并不在乎交多少学费,他教的学生必须经过严格的选择。只要他看不上,不管学生的家里有多少钱,学生的家长官多大,承诺给他多少学费,他就是不收,走谁的后门都不行。岳飞找到王员外,想让他帮忙推荐一下,自己也想去周侗师父的学堂学习。结果,王员外不但没帮忙,反倒把岳飞数落一顿,说什么"那不是穷人家孩子去的地方,那里都是富家子弟,人家都是吃得好、穿得好,上学放学都是车接车送的……"。这些话就像是一盆冷水浇灭了岳飞想要进学堂读书的愿望。

可是,一想到周侗妙语连珠的讲课,岳飞总是不由自主地跑去偷听。几次下来,岳飞就摸清了周侗讲课时间的规律,老先生喜欢在清早和傍晚讲课,单日子是文化课,双日子是武术课。武术课的课堂就在柳树林里,柳树林里有很多松树和山石,站在旁边可以看到学生练习武术。奇怪的是,周老师自己却从来不在旁边指导。有几次岳飞偷听的时候,被等在外面陪读的家奴训斥,刚要与家奴争辩,忽然窗内有一个少年探出头把恶奴叫了进去。从那以后,岳飞再也没有受到恶奴的欺负。

不知不觉,秋去冬来,接连下了三天的大雪。学堂里都是富家子弟,受不了寒冷的苦,于是周侗就给他们放了三天的假。到了第三天晚上,岳飞看见雪停了,高兴得冒着寒风把门外的积雪扫干净了。次日一大早,岳飞早早地起床,吃了点前天晚上的剩饭,兴高采烈地去学堂。一路上岳飞琢磨着周侗讲过的以少胜多的战法。这些兵法都是多年来苦心钻研的成果,因此周侗讲起来也格外有激情。岳飞更是听得带劲,一字不落地都记在了脑子里。

岳飞看到学堂的门窗紧闭,没有一点声音。岳飞想要走进去看看,又怕被人发现。只好躲在一个避风处,等着其他学生来上课。等了一会儿,忽然看见学堂旁边有个小门,有一串脚印一直延伸到学武的小树林里。再看平时学生们经常走的小路上却没有脚印,岳飞想了想,便顺着脚印的方向去了小树林。

小树林就在周家附近,林子外面有一条小溪,溪水早已结冰,上面布满了积雪,溪边伫立着高大的柳树和槐树。大雪过后,这些古柳高槐都变成了玉树银花,银装素裹。在太阳光的照射下,显得格外清新秀丽。岳飞一面欣赏着雪景,一面慢慢地向前走。原以为这个时候不会有人在林中练武，因此也就没有像平时那样躲躲藏藏。走着走着，就听到铁器碰撞的声音。岳飞连忙躲到树后一看，原来林中的空地上有两个人正在比武。其中有一个正是周侗的儿子周义，另一名少年长得英俊魁梧，说话时带有关中口音，而且以前在学堂没有见过。两个人双枪并举，打得难解难分。正看着，忽然听见"嗖"的一声，一条人影已经跳出了三米之外，随即听见笑声和说话声："不愧是周叔叔的儿子，跟着周叔叔，进步得就是快啊！再这样打下去，我可就不是你的对手了。"

周义笑着说："哪里哪里，杨大哥总是取笑我。我这套枪法刚学不久，怎么能和你比呢？要不是学生们都回家过年了，我哪里敢和杨大哥比试切磋啊。"两人笑着收拾好东西往回走。

岳飞看见二人有说有笑，十分亲热，心想："你看人家多好，我怎么就没有这么好的朋友呢。"岳飞想得太投入，没想到两人这么快就往回走，一愣神的工夫忘记了躲避，结果和二人走了个对脸。三人彼此互相看了一眼后，谁也没有说话。岳飞回过神来再看时，发现二人在窃窃私语，看表情好像是在谈论自己。突然，姓杨的停住脚步，把头一转，看样子是要往回走，却被周义拉住。两人又朝岳飞的方向看了一眼，然后一起离开了。

岳飞很想上前去和他们两个说话，因为那天自己在学堂外偷听课，不想王贵出来上厕所，岳飞没防备被王贵撞了个正着。王贵贴着岳飞的耳朵说："你也不想想自己是谁，一个臭要饭的，还想在这儿听课，快滚回家去吧！"正巧周义也出来上厕所,看到王贵欺负岳飞,周义就把王贵狠狠地训了一顿。王贵不服气,正要说岳飞的真实身份,周义一把拉住王贵朝着厕所走去。

从那以后,王贵见到岳飞的时候,也不敢再说岳飞了。有几次,岳飞想对周义表示感谢,可是周义又作出很高傲的表情,让岳飞不敢亲近。今天,他们明明看到自己却又装作没见到一样走过去了,肯定是怕自己尴尬,才故意装作看不见的,要不为什么又在走过去之后谈论自己呢?岳飞想到这些,心中对周义的敬佩与感激不觉增加了许多。

岳飞又等了几个时辰,还是没有学生来上课,这才恋恋不舍地往回走。回到家,岳飞拿出树枝笔在雪地上练字,连着写了两个多小时。看到太阳快落山了,才站起身准备去烧火做饭,忽然听见有人说话:"果然难得!"岳飞回头一看,身后站着一个五十多岁的老头,穿着一身官服。

岳飞一鞠躬,说道:"老大爷好,您认识我吗?"

老人笑着说:"我是你父亲的好友,我叫李正华。你是岳飞岳鹏举吧?"

岳飞忙说:"李伯伯好!外面冷,快进屋吧!"

岳飞给李正华倒了杯热茶。李正华边喝茶边说:"你爹和我是同甘共苦的兄弟,我排行老四,你爹排行第五。当年我进京赶考,和你爹分开。等我考取了功名后回去找你们的时候,你们都不在了,听说是被大水冲走了。昨天我到麒麟村看朋友,无意间听人说起了你们家,我才知道你们在这边。这不,今天就过来看你们了。你爹和你娘呢?"

"我爹在我刚出生三天的时候就被大水冲走了,至今还没有消息。所以我娘在北山上给他立了碑,等我再长大些,我们再把我爹的坟迁回去。我娘出去拾柴了,晚些时候才能回来。"岳飞回答说。

李正华点了点头,说道:"原来是这样啊,没想到二十年前的分别,竟然成了永别。哎,对了,你是不是想读书习武啊?教武我不会,但是教书我还可以。我没做官之前,教过几年书。因此,我们家里的书很多,改天我给你带过来。如果你想学习的话,我倒是认识一位很不错的先生,他文韬武略、天文地理无一不精通。以后有机会我推荐你去他那儿学习吧。你愿意吗?"岳飞高兴地点头说愿意。

第二天,李正华又派人给姚氏送来了十两银子、笔墨纸砚和一些年货。王员外看李县令给岳飞母子送了钱和年货,也赶紧吩咐人去给姚氏和岳飞各做了一套崭新的外衣和棉袄,又打发人送来了五两银子。因为有了这些钱和年货,姚氏也给岳飞买了鞭炮,岳飞过了一个出生以来最开心的新年。

春节过后,李正华去了外地拜访朋友,岳飞依旧偷偷地去学堂听课。由于李正华的救济,加上姚氏勤俭持家,岳飞的生活比以前好了很多。

这天岳飞拿着自制的小弓箭去野外练习,正走着,看到天上飞过一行大雁,岳飞很想试试前几天学到的连珠箭法。于是迅速取出背后的短箭,迎着雁头的方向射去。箭到雁落,"第一箭射得不错,步伐稳健,张弓有力;第二箭只是侥幸啊。"一个老者的声音传了过来。岳飞略一迟疑,走上前去捡起了那两只雁。果然如老者所说，第一支箭正中雁心，第二支箭是斜穿雁的脖颈，也就是说第二只雁是自己撞到箭上来的。

岳飞忙向老者叩拜："老前辈，多谢您指点。您怎么知道第二支箭是侥幸啊？我还没有射完箭，您就已经知道了结果，真是太神奇了。不知道老前辈尊姓大名？"

老者哈哈一笑："孩子，想要知道我是谁，就要答应我一件事，如果你能做到，我就告诉你我是谁。"

岳飞一抱拳说道："老前辈请讲，只要是我能做到的，哪怕是赴汤蹈火，晚辈在所不辞。"

老者说道："哈哈，说来容易做来难啊！我给你三个月的时间，从明天开始，你来做一件事。你天不亮就去七里沟找个没有人的地方，每隔一百步，就挂上一个竹竿，竹竿上面要挂上三个大小不等、带有树叶的竹圈。然后你对着初升的太阳，数竹圈的转数，每一个全都要数到三百为止。竹圈的大小一定不能相同，被风一吹，转动起来的速度也是不一样的，会有快有慢。除非是大风天气，否则你一定要记住它们的转数，而且是三个竹圈的转数都要记住。等到太阳光照到睁不开眼睛的时候，你再闭目养神。过四五天后，你再把竹竿挪远两三步，直到三百步左右为止。这件事情并不难，但是需要恒心和毅力，你能做到吗？"

岳飞想了想说："能！"

"好，三个月后我们在这儿见面，如果你能做到你答应的事，我就告诉你我是谁，那时如果你愿意的话，我就收你为徒。"

"嗯,我愿意!"岳飞重重地点了点头。

岳飞回到家后就开始做竹圈,边做边哼小曲。第二天一大早,岳飞拿着竹圈去了七里沟,按照老者的要求开始训练。刚开始练的时候,岳飞总是数了这个,忘了那个,加上一直对着太阳数,不一会儿眼睛就开始流泪。岳飞强忍着,一丝不苟地练着。直到眼睛肿得睁不开,才停一会儿。风大的时候,竹圈的转速特别快,数起来很困难。但是岳飞没有放弃,一遍一遍地数着,每天都很勤奋地练习着。四五月份的阳光一天比一天强烈,岳飞每天都练到被太阳刺得睁不开眼睛为止,才肯回家休息。第二天再早早地起来去练习,不管刮风还是下雨,始终坚持不懈地数竹圈。

到第三个月时,岳飞变得越来越沉稳,数竹圈的时候也越来越顺利。随着练习的逐步深入,岳飞也找到了对着太阳练习的窍门:当太阳光最强烈的时候,岳飞就把眼睛闭上,休息一下,等到眼睛休息好了之后,再重新练习。虽然时间上好像耽搁了一些,但是实际上数竹圈的准确性和眼睛的适应性都有很大的进步,可谓是事半功倍。

还有十天就到约定之日了,这期间虽然李正华来看过岳飞母子,但是每次提到拜师的事情时,李正华都说还要再等等。到了第八天,李正华来报喜了,说是他的朋友答应见岳飞了,这个老师不是别人,正是岳飞非常仰慕的周侗周老师。岳飞很高兴,李正华接着说:"周老师让你后天来我家和他见面。"岳飞听了微微一皱眉,心想:"后天正好是和老前辈约好的日子,这可怎么办?"李正华见岳飞面露难色,就问道:"鹏举,怎么了？脸色看起来不太好啊。"

岳飞将三个月之约的事情告诉了李正华。李正华一听,哈哈大笑着说:"傻孩子,那可能只是别人和你开的一个玩笑,你又何必那么认真呢?"

岳飞想了想说:"那位老人家不会骗我的。也许他不能守约,但是我一定要遵守我的诺言。请您和周老师说,虽然我很希望能向周老师拜师学艺,但是如果周老师知道我没有遵守约定,弃老前辈于不顾的话,那么周老师也一定会怪我的。"

李正华面露难色:"如果这次不能见到周老师,以后恐怕……"

岳飞知道如果这次不能见到周老师,以后也就不能拜周侗为师了。可转念一想,如果周侗连这件事情都不能理解的话,又怎能称得上是一代宗师呢?

李正华看岳飞的表情很坚决,反而笑了:"鹏举,你小小年纪能有这样的诚信之志,我很佩服你,我会和周老师解释的。"

到了三个月之约的日子,岳飞一大早就来到了七里沟,准备再好好练一练。太阳一点点地在升高,可是始终不见老者的身影。岳飞也没有多想,仍在忘我地练习着。六月的阳光好像是万根钢针一样刺在岳飞的眼睛上,岳飞把头一偏,准备稍微闭上眼睛休息一下,正好看见从远处走过来两个身影。岳飞揉了揉眼睛,仔细一看,高兴得不得了。来者不是别人,正是李正华和老前辈,两人似乎看起来很熟的样子。

正想着，二人已经来到了岳飞的跟前。

李正华笑着对岳飞说："好侄子，快来，这就是你朝思暮想的周侗周老师。"

岳飞一听，立即跪下，向周侗行了拜师大礼："恩师在上，受徒儿一拜！"周侗笑着搀起了岳飞，连说："好孩子，快起来。"不一会儿，周义也来了。周侗又把周义介绍给岳飞。

周义笑着说："不用介绍了，我们早就见过面了。是吧，岳师弟？你真是个刻苦学习的孩子啊。我按照我爹的吩咐和你见面，却故意不理你，前后差不多也有一年的时间了，我心里真的觉得很过意不去，你千万别生气。"

岳飞听了周义的话后，看了看周侗，又看了看李正华，挠了挠头，腼腆地说："没关系，没关系。"李正华和周侗哈哈大笑。周义把岳飞拉到一旁，偷着说："岳师弟，我真佩服你。当你风雨无阻，甚至是大雪封门的日子里，都能坚持来我家门外听书的时候，我们真恨不能立刻把你接进去。只是我爹说，一个人要想成就大的事业，必然要接受各种不同的考验，这样才能磨炼他的意志。一个事业有成的人，必然是经过一番痛苦的考验才最终成功的。在我爹的坚持下，又等了半年多才让你入门拜师。你别看我爹看起来年轻，其实他已经六十五岁了，他平生收的徒弟并不多，像你这样经过暗中考察这么久才决定收为弟子的，你还真是第一个。你也不要觉得我爹心狠，完全没有考虑你的感受，如果不是格外看重你，我爹就不会把他平生所学的和总结出的山川险要及兵法知识教给你了。去年腊月底，我和杨再兴师兄在柳树林里比枪法,回去不多一会儿,我爹就回来了。我们再三替你求情,让他收你为徒。我爹也知道你家境贫寒,已经打算要和你见面了,还准备了一些银子和米,打算找个机会送给你。正好李叔叔来我家玩,二位老人一商量,才改变主意。先让李叔叔教你读书、做学问,这样就能考察你的品行和心性了。等我爹考验出你的恒心和毅力后,再收你到门下。你练习数竹圈的这段时间里,我都藏在那边的悬崖上练功,不过练的方法不同,藏身的地方你不知道罢了。你练得怎样,有没有偷懒,我都是一清二楚。虽然我不敢确定你进步了多少,但是我看你从来没有放松过,即使眼睛疼得厉害,也在努力坚持练。那个时候,我都替你着急,恨不能让我爹立刻就收你做徒弟。你开始练习的第二天,我爹就偷着过来看你了,一直看你练完回家,他老人家才回家。看到他脸上露出了久违的笑容,我才放心。因为他原来在收林冲林师兄的时候,才有过这样的笑容。希望你能理解他老人家的苦心,别怨恨他就好!"

岳飞忙说:"我能遇到周老师,是我前世修来的福气。而且,老师考验学生也是应该的,我怎么会怪老师呢?这段时间里,我也很感激你帮我解围,要不我也不能在学堂外安心地听课啊。"说完两个人高兴地跟着周侗和李正华来到了岳飞家。姚氏一听周侗肯收岳飞做徒弟,心里高兴得不得了,连忙吩咐岳飞出去买好酒好菜,准备拜师宴。

那么,岳飞在拜师后又有怎样的表现呢?在小小的麒麟村,又有怎样的故事呢?请看下回:识先机英雄除害。

第二回

识先机英雄除害

　　岳飞拜周侗为师后,每日刻苦学习。王贵、汤怀、张显等富家子弟看到岳飞家境贫寒却很受周侗的喜欢,心中很不满,但碍于周侗的威严,谁也不敢说什么。尤其是王贵,他是王明的儿子,从小娇生惯养,蛮横无理,经常欺负同学,除了周侗和周义,他根本不把其他人放在眼里。

　　有一天,王贵等人趁着周侗不在,就想给岳飞点颜色看看。先是汤怀和岳飞比搬巨石,结果岳飞轻松地举了起来,汤怀费了好大力气,巨石纹丝未动。接着张显和岳飞比摔跤,岳飞一个漂亮的过肩摔,结束了比赛。最后是王贵和岳飞比。王贵围着岳飞开始小步地移动着,寻找下手的机会。岳飞站在原地不动,以不变应万变。突然,王贵转到了岳飞的身后,抓住了岳飞的肩膀,准备用脚踢岳飞的腿弯,好让岳飞也出出丑。眼看王贵就要得逞了,岳飞突然反扣住王贵的双手,借力一甩,王贵"嗵嗵"地跳了两步,一个大劈腿坐在了地上,疼得王贵哇哇大叫。汤怀和张显在旁边捂着嘴偷笑。

　　从此以后,王贵、汤怀和张显再也不敢小瞧岳飞了。在岳飞的带动下,都开始认真学习。其实这三个孩子都很聪明,就是因为家里条件好,才不好好学习的。幸好遇到了周侗这样的严师和岳飞这样的师兄,才一点一点地改邪归正。周侗看着这些孩子都有很大的进步,心里也很替他们高兴。

按照年龄大小,岳飞、王贵、汤怀、张显结拜为兄弟。这天,周侗把学生们都召集到一起,在习武场摆了一桌酒席。恰巧杨再兴也来了,周侗把他介绍给岳飞等人,大家就开始喝酒谈武。周侗坐在主位,周义、岳飞一左一右坐在周侗两侧,杨再兴、王贵、汤怀和张显依次排座。酒喝到一半,周侗说:"鹏举,来,把上次教你的轻功表演一下。你从这个亭子出发,穿过那片松林,然后再从土山的后面绕过来见我们。你要注意,这条路平时几乎没有人走,中间还有两个大水塘,这几天的大雨过后,估计路上的泥坑肯定又增加不少了。如果快的话,一炷香的功夫,你就能回来了。呵呵,如果你的轻功不过关,恐怕你就得晚些时候才能回来了,我们在这个亭子里等着你。过几天等路上的泥干透了,你的脚印就应该能看到了。到时候,我就知道你的功夫是深还是浅了。你有信心吗?"

岳飞对自己的轻功也没有太大的把握,转念一想,自己身上反映出的问题不正好可以对师弟们起到一个借鉴的作用吗?于是岳飞也没推辞,按照周侗的要求,朝着后山的松林坡走了过去。

岳飞走后,周侗说:"来,咱们先喝着,王贵、汤怀、张显你们几个隔一会儿就轮流出去看看鹏举回来没有。"刚说完,周侗忽然看见柳树林里有道寒光一闪而过。周侗立刻站起来朝柳树林走去，周义、杨再兴等也要跟着周侗一起去。周侗说："我去柳树林方便一下，你们先吃着、喝着，我马上回来。"

周侗走到柳树林中的土山上，土山在柳树林的东北面，这边是一大片树林，到处都是参天的柳树和高大的槐树。靠近左边的田野里，都是一块一块的黄土地，几天来的雨水冲刷让地面泥泞不堪。天空还是乌云密布，西落的太阳时隐时现。一阵紧接着一阵的寒风，吹得那些柳树、槐树飒飒乱响。几条通往乡村的小路上，也很少有人走，看上去一片荒凉的景象。

忽然耳边疾风吹来，周侗知道是有人暗算，忙把身子一偏，左手微微一抬，接住一支小梭镖。紧跟着又是飕飕两声，周侗又从容地接住了两支。

周侗朝土岗上说道："你们怎么现在才来？我都等得不耐烦了。"

就听旁边土岗上有人呵斥道："周老头，你别夸口！刚才那三支追命索魂镖只是给你送个信。"

周侗笑道："既然你们不愿意光明正大地来送信，那我也就不客气了。说吧，什么时候，什么地方？"

土岗上的人回答说："离这儿三十里外有座关爷庙，明天天亮之前我们在那见。我们会准备好酒菜等着你来！"

周侗听后，眉头微微一皱，冷笑着说："好，不见不散。"

周侗话音刚落，就见土岗的垂柳后闪出了四个人，为首的是一个身材矮小的老头，老头的身边站着一个彪形大汉和一个瘦小的驼背男子，还有一个是二十左右的瘦子。老头一听周侗答应了，说了声"好"，就和其他人一起走了。几个人的轻功很厉害，转眼间就到了土岗旁的小溪边，果然不是寻常之辈。

周侗回到凉亭后，不动声色地对众人说："呵呵，上年纪了，去趟厕所的时间也比你们年轻人慢了。哎，不服老不行啊。"正说着，张显突然喊了一声："大哥回来了。"众人忙朝山下看，岳飞正三步并作两步的朝这边跑来。眨眼工夫，岳飞已经到了众人跟前。周侗看了岳飞一眼，就让他回到座位上。又吩咐下人再炒些菜，烫儿壶好酒。周义看到岳飞回来了，神情稍微缓解了一下。王贵忍不住好奇地问岳飞："大哥，你怎么去了这么久才回来，以你的功夫不应该啊！是不是偷着去见李春了？"大家听了都哈哈大笑，岳飞原本绷着的脸一下子变得通红："王贵，别胡说。"大家笑得更厉害了，原来这李春不是别人，正是李正华的女儿，岳飞未过门的妻子。李正华十分喜欢岳飞，于是托周侗做媒人，定下了这门亲。平时的时候，王贵也总是拿这个来取笑岳飞，岳飞也都是憨憨地一笑，可今天周侗也在，岳飞就不好意思了。

周侗领着众人把剩下的酒都喝完之后，天已经全黑了。王贵正准备去点灯，周侗说："不用点灯了，今天的酒就喝到这儿吧。大家一起去我屋坐坐。"大家一起去了周侗的卧室，谈了一阵武术之道，周侗对大家说："都回去睡吧，我明天还要去关爷庙见个朋友，你们也早点回去睡吧。对了，义儿、鹏举你们两个留下，我有话对你们说。"

"是。"周义、岳飞答道，其他人都各自回房了。

等众人都走后,周侗对岳飞说:"鹏举,说吧,你都看到什么了?"

岳飞知道瞒不过周侗,就一五一十地把见到的情形说了出来。

原来,岳飞在回来的路上,看到四个人在自己前面走,他们的行踪很可疑,从他们走路的方向上来判断,应该是从土岗后面过来的。于是岳飞暗中跟着这几个人。走了没多远,又来了两个人,这两个人的腰间都凸出来一块,一看就知道藏有兵器,他们之间说话的口气也十分凶横,竟然不知羞耻地说在关爷庙附近埋伏了许多人,要引周侗明天去报仇等话。

周侗说道:"果然不出我所料,鹏举,你能猜出这群人的用意吗?"

岳飞说:"从他们说话的神气上来看,我猜他们是用了一些江湖上见不得人的诡计。"

周侗又对周义说:"我知道你和再兴跟着我去了土岗。我没说出这件事情的原因是不想你们跟着担心,现在看来是瞒不住你们了。"

周义担心地问道:"爹,这群人看来不是江湖中的正派人士,他们究竟是谁?为什么来找您啊?你们之间有什么恩怨吗?"

这几人是江湖上臭名远扬的恶霸,其中有一人叫陈家垄,人送外号"毒手铁臂苍猿",奸淫抢掠,无恶不作。有一次,陈家垄在强抢民妇的时候被周侗撞见了。周侗愤怒地将陈家塿和他的爪牙们痛打了一顿,他们带着伤逃走了。当地的百姓自发地放爆竹来感谢周侗为民除害。从那之后,陈家塿等人就从江湖上消失了。今天突然出现在周侗家里,估计是为了报仇而来,而且看得出他们是有备而来。一想到他们的阴险狡诈,周义和岳飞不觉得为周侗捏了一把汗。

快到三更时,周义和岳飞来到周侗的房里,三人收拾好出发了。出乎意料的是,周侗并没有领着他们去关爷庙,而是拉着周义和岳飞来到了柳树林附近,躲在一棵大树的后面。

周侗悄声对岳飞说:"鹏举,时候差不多了。你比我眼神好,你看土岗那边有什么动静没有?"说完,咳了两下。岳飞忙问:"师父,身体不舒服吗?""没什么,昨晚喝酒喝热了,开着窗子睡的,可能是着凉了。""您要多保重身体啊!"岳飞说完朝土岗方向看去,悄悄地说:"岗上好像有好多人!"

周侗说:"昨天我就发现那个老贼诡计多端,估计是有诈,你再好好看看。"

岳飞悄声回答说:"我看那几处埋伏的人都是假的,真的只有一个,藏在树旁山石后,好像是个驼背的矮子。"

周侗拉紧岳飞的手,笑着说:"不错,你看得一点都不差。今晚最厉害的对手大概只有两个,矮子是其中的一个。我猜他们原来是想骗我在天亮前,进他们的埋伏圈,然后仗着人多来对付我。现在他们又担心自己不是咱们的对手,这才准备出其不意的偷袭,他们好从暗地里置我于死地。呵,这不他们想把咱们骗到土岗上,等咱们发现上面尽是一些假人的

岳飞箭射矮贼图

时候,真正的敌人再来出其不意地对咱们下毒手,暗算咱们。可惜啊,魔高一尺,道高一丈!没想到会被咱们看穿了。义儿,鹏举,你们还记得去年江湖上盛传的'快活菩萨'吗?那时江湖上都传,说有一个头戴金簪、矮小驼背的凶僧,专以卖药为由,同官府官员来往,后来才知道是金国派来的奸细。你看对面的那个驼背子的身材像不像'快活菩萨'? 从这到那也就二十丈远,咱们先给他两箭,试试他的身手。"

岳飞微微站起,将周侗事先准备好的大铁弓拿起,搭上两箭,朝土岗上射去。驼背矮子藏在土岗上,自觉武功高强,料定周侗等人一定会上他们的圈套,根本没想到岳飞等人会反偷袭。而且他隐蔽的地方,前面院落里还有大半部分被树遮着,本想伸头打探一下消息,看看周侗等人有没有动静,可是做梦也想不到会有两支连珠箭突然飞过来。等看到两点寒星迎面飞来的时候,连忙纵身闪躲,想要伸手去接。哪想这箭的速度又急又快,来势又迅猛。因为动作慢了一拍,第一支箭从右边的脖颈斜穿了过去;第二支箭齐根把右中指给射断了。矮子疼得一抖手,没想到却把箭钉甩到了脸上,因为用力过猛,这半个箭头直接穿透了后脑。矮子还没等发出怒吼,就翻倒在地,整个尸体顺着土岗翻滚下去,恰巧掉在了旁边的臭泥塘中,溅得臭水四下飞散。

岳飞射杀矮子后,发现身边的周侗和周义都不见了。忽听下面传来哒哒几声响,好像有什么东西钉在了木头上。紧接着一个人影带着一股疾风从周侗的卧室里跳了出来。岳飞知道事情有变,连忙放下铁弓,提着刀追了过去。月光正由前面的窗外照进,仔细一看,周侗的床头和被褥上被钉了好多暗器。岳飞吓出了一身冷汗,幸好周侗和自己在外面的柳树林,否则必死无疑。岳飞暗叹对手心狠手辣。

正想着,就听院子里传来了兵器相接的声音。赶到院中时,周义、杨再兴、王贵、汤怀、张显已经与敌人战在了一起,几乎每个人都是以一敌二。岳飞仔细一看,混战的人群中并没有周侗,一着急,掏出平日里练着玩的十多颗铁莲子,照着敌人的头上,连珠炮般地打了过去。

群贼没有防备,只觉得天上下起了铁丁雨,劈头盖脸地砸在了头上,顿时惊慌失措,四散逃窜。这时,群贼中一个自恃身法轻快,连人带刀一齐朝岳飞飞来。那贼先是被岳飞磕掉了手中的刀,震裂了虎口,刚喊了一声"啊",就被岳飞一脚踢出了十丈之外,倒在地上脑浆迸裂而死。另一个贼原本想来支援一下,一看那贼瞬间飞出了十丈之外倒地而死,吓得掉头就跑,结果被周义打来的镖穿了个透心凉,倒地而亡。

一见形势不妙,贼群中有一个高个大汉,打了个响亮的口哨,群贼一听立刻往外逃窜。高个大汉想往房顶上跑,刚跳到半空中,就听迎面一声大喊"狗贼哪里逃",话音未落,一个人影带着一阵疾风迎面飞来,手起脚落,大汉凌空翻落,倒在地上不动了。

岳飞一看正是周侗。"师父!"群贼一听周侗回来了,都没命似的往外逃。周侗手捂胸口回到了卧室。周义原本在查看地上是否有漏网之鱼,一看周侗手捂胸口,连忙跟到卧室里,问道:"爹,你怎么了?陈家垫那个老贼除掉了吗?"众人听说周侗不舒服，都来到了周侗的屋里探望周侗。

周侗半天没有说话，神色也没有太大的变化。王贵忙去倒了杯茶给周侗端来，却被周义拦住了："我爹现在还不能喝。"众人一看，知道情况不好，都把心提到了嗓子眼，面面相觑，不敢出声。

又停了一会儿，周侗才微笑着说："我没事，你们不要慌。今天总算是把陈家堼这个败类除掉了，鹏举又把那个驼背矮僧射死了，真是大快人心啊！"停了一下，接着说道："我刚才与老贼厮杀的时候，稍微伤了点元气，我要先休息一下。义儿、鹏举你们赶快到土岗下面，搜一搜矮僧的身，他身上应该有腰牌地图和机密信件。找到后，好好收起来，以后肯定会有用的。你们快去快回，我要看到地图和信才能放心地休息。"

岳飞和周义走到院子中间，由于院子的面积比较大，四面都是走廊和几尺高的台阶，正房台阶下面还有几棵大海棠树。岳飞怕惊动周侗，蹑手蹑脚地顺着台阶往下走，忽然听见左侧树枝发出了轻微的响声。当时夜风比较大，又有点阴天，换作是其他人可能会认为是风吹树叶的声音。但是岳飞的听觉和视觉可不是一般人能比的，仔细一分辨，立刻发现这里有问题，连忙转脸回看，发现有一个身影藏在左侧第二棵海棠树下。岳飞也没多想，一个"蜻蜓掠水"朝着海棠树下踢去。

原来台阶下躺着一个人，双手握着一柄月牙护手钩，正是刚才看到的那个瘦子。这个贼脸朝上躺在那里，和死了一样。岳飞心想："好，让你装死，看我怎么收拾你！"接着，左脚便朝他的右手腕处狠狠地踩去。

瘦子名叫陶文，是来人中最狡猾、本领最高的一个。当天夜里一来就看出周侗有准备了，于是萌生了溜走的想法，可又怕回去不好交差，只好硬着头皮往上冲。一不留神，左肩膀被人打伤了，接着又挨了一铁棍。瘦子知道对手十分厉害，想逃也不是件容易的事，忽然急中生智，倒在地上装死，然后一面暗中观察，准备找机会逃走。倒在地上时，看见周侗从房上跳下来，只用了一掌就把赛霸王曹蛟打死了，不由得胆战心惊，叫苦不迭。好不容易等到周侗师徒等人回了房间，这才轻轻地躲到正房台阶下，暗中探听动静。听到房里人谈论周侗受内伤的事情，瘦子暗暗地在心里打起了算盘："周侗是名满关中的大侠，他受内伤的事情没有人知道，如果能拿到他的人头，那我就出名了！"瘦子只顾着做美梦，没听到周义和岳飞分手时说的话，直到岳飞走下了两层台阶之后，他才开始警觉。借着月光仔细一看，发现来人正是用连珠暗器打伤众人的少年，瘦子知道他不好惹，于是把身子往地上一顺，继续装死，准备找机会再逃。

没想到，瘦子倒地的时候，左手拿着的月牙护手钩将海棠枝微微刮了一下，心里一惊，接着就见岳飞朝自己的方向飞了过来。还没等作出反应，右手已经被踩住，连着半个身子一起都麻了，头一偏，晕死过去。

岳飞看见瘦子的头巾落向一旁，里面好像有金光一闪。打开一看，是一个骨牌大小的金牌，上面刻着似篆非篆的一团花纹,金牌的背面刻着"陶文"两个字……那形似篆字聚成的一朵小团花,正是恩师周侗曾经写出给大家看过的金国文字。正看着,忽然瞥见两点寒星从身旁飞过,跟着又是一声:"哎呀!"

再一看,瘦子刚从地上坐起来,左手好像拿着什么东西,还没打出,那两点寒星已经打中了他的头。瘦子一声惨叫又倒在了地上。随后周义从台阶上跳下,右手拿着三只燕尾梭,见到岳飞后笑着说:"这种带风的毒药暗器,是最凶狠毒辣的,我先拿这狗贼试了试身手。"岳飞看瘦子已经被周义打死了,只好笑着说:"这个瘦子十分狡猾,我把他的头巾踢掉了,发现了一块金国的金牌,上面刻着'陶文'两个字。"

周义听了后,忙问岳飞:"他就是陶文吗?哎呀,我真是粗心大意,只看到他想用暗器伤你,正好我手上正拿着从驼背僧身上搜出来的燕尾梭,随手就给了他两只,没想到竟被我打死了。瘦子和驼背僧都是金国最得力的奸细,金牌是他们的机密信符,别说是外人,就是他们中的很多人都不知道这件事。我从驼背僧身上搜出好几张地图和探听咱们国家兵力虚实的信件,还有一块小金牌藏在系头发的金箍后面。我想瘦子身上也许还有别的东西,咱们快搜一搜,只是少了一个活口,没法问他口供,真是可惜。"说完两人一起动手,果然从他身上又搜出了大量地图和机密文件。找到这些东西后,两个人迅速回到周侗房里。

周侗虚弱地对周义说:"把今天搜到的这些东西都好好收起来。现在这些金贼和贪官污吏、土豪恶霸勾结在一起,你们根本没有申诉的机会。而且,他们还会千方百计地找理由把这些证据抢走,然后献给金贼,以换取更多的荣华富贵。所以你们把这些证据好好保管起来,千万不要做亲者痛、仇者快的事。一会儿把外面金贼的尸体都扔到土岗上去,如果有官府的人问,就说他们是山东来的土匪,路过咱们这儿,看到咱们家高墙大院以为是地主家,进来打劫的时候,被咱们师徒打死了,其余的逃跑了。如果再问其他的,你们就说不知道。都记住了吧?"

周义连忙称是,返身回自己的屋里把地图和信件藏好。周侗又对岳飞说:"你把枪拿来,练一次给我看看,正好再兴也在,让他把杨家枪中的绝招也一起教给你。"岳飞一听,心中一酸,知道周侗此时的身体不适合劳累,于是勉强笑着答道:"师父,我今天第一次杀敌,连着两场恶斗有点累了。要不咱们明天再练吧。"

周侗见岳飞说话时眼含泪水,知道他不愿让自己劳累。于是提了提精神,笑着说道:"累了?今天怎么了?我平时就说过不许说谎。你不要找借口了,快去把枪拿来练给我看。"

岳飞不敢违抗师命,只好端来椅子请周侗坐好,然后在院中练了起来。杨再兴在旁指点杨家枪的绝招,周义满脸忧伤地看着周侗。不一会儿岳飞就把一百二十八式连环枪练完了,周侗很满意地看着岳飞练完枪,虚弱地说:"鹏举,你的这套枪是我们周家的六合枪和杨家枪的完美结合,你就给它重新起个名字吧。"岳飞忙说:"我才疏学浅,还请师父赐名。"周侗说:"你的这套枪是以少变多,枪枪连环,不如就叫九连枪吧。"岳飞含泪点头答应。

在众人的强烈要求下,周侗才回屋休息。为了满足周侗的愿望,李正华给岳飞和李春办了一场简单的婚礼。婚礼后第三天,周侗含笑离开了人世。埋葬好周侗后,岳飞没有离开周家,和周义一起把周侗的东西收拾好后,一起去周侗的坟前守孝。因为周侗祖籍是陕西,周义不得不回陕西报丧。然而,福无双降,祸不单行。李正华因为周侗的死伤心过度,终日借酒浇愁,常念叨"高山、流水""伯牙、子期",最终抑郁而死。

岳飞又忙着处理李正华的丧事。李正华虽然是县令,但是由于他正直善良,所以死后也没有留下什么家产。岳飞佩服岳父的善良正直,想起当年自己和母亲最困难的时候,岳父无私地帮助自己,又把心爱的女儿嫁给自己,心中的感激之情无以言表。

转眼间三年过去了,岳飞的第一个儿子岳云出世了。看着国家一天一天的衰落,岳飞心急如焚,和王贵等人一商量,决定从军报国。

那么从军报国的路上又会有怎么样的磨炼呢?请看下一回:宗泽府岳飞谈兵。

第三回

宗泽府岳飞谈兵

几个人提着一些水果点心，来到了周侗坟前。

岳飞倒了三杯酒，摆在周侗的坟前。接着几个人也各自倒了一杯酒，岳飞说："现在国家是多事之秋，金贼不停地侵犯咱们的国土，再过不久必然会有一场大战，那时，河北首当其冲，河南也不能幸免。国家正是需要人来保护的时候，我们都是热血男儿，不能再这样无所事事了，如果像现在这样苟且地活着，师父在天有灵也会为我们感到羞愧。我们应该立志从军报国，为了师父的遗命，为了国家和领土的完整而战！"

三个人被岳飞慷慨激昂的言辞感染了，纷纷表示要从军报国。接着大家一齐举杯向岳飞敬酒。

几个人正在闲谈，忽然听到身后草里哗啦哗啦直响。王贵转过身，用脚向草中使劲地一踢，从草丛中爬出一个人喊道："大王饶命，大王饶命！"王贵走过去，一把把他拎了起来，呵斥道："快献宝来！"岳飞忙上前制止："别胡说，快放手！"王贵一笑，把那人放下了。岳飞说："我们是好人，不是什么大王。我们在这祭奠我们的恩师，你为什么叫我们大王啊？"那人回答道:"原来几位都是好人啊!"转头向草丛中喊道:"都出来吧,他们不是土匪,是几个年轻的相公。"不一会儿从草丛里又钻出来好几个人,都是背着包、拿着伞的流民。围着岳飞七嘴八舌地说了一大通,岳飞才听明白是怎么回事。

原来,前面的地界名叫"乱草冈",本来是一个比较太平的地段,但是最近不知道从哪来了一群土匪占冈为王,拦路抢劫。现在,他们在前面劫持了一队商人,不让大家通过。有几个人趁乱从后边的小路逃到了这里。见到岳飞等人以为是土匪追过来了,连忙藏进草里。这才有了上文的一幕。岳飞告诉他们去内黄县是一条大路,不会有危险了。几个人和岳飞等人拜别后,欢天喜地地走了。

岳飞对王贵等人说:"走,咱们去会会这群土匪,除掉他们当作是送给老师的祭礼了。"王贵说:"好,我们就去会会这群强盗。不过咱们没有武器,去了会不会吃亏啊?"岳飞朝四周看了看,指着几棵小树说:"我们挑几棵树,也能当兵器。不过是几个小毛贼,咱们也不用怕他们。"汤怀说:"大哥说的对,如果我们连几个小毛贼都对付不了,以后怎么能从军报国啊!"说着,每人拔了一棵小树,去了树枝和树梢,朝着后山的"乱草冈"走去。远远望去,只有一个强盗,一张黑漆漆的大脸,身材高大,头戴着一顶铁盔。黑大汉正拦着十五六个人,这些人都跪在地上求饶:"大爷,我们都没有钱,求求您饶了我们吧。"黑大汉大叫道:"快把值钱的东西都交出来,不然就杀了你们!"

岳飞看了看,转过头对王贵等人说:"你们看那个黑脸大盗,一会儿我先去会会他。如果我打不过,你们再一起上,咱们再合力打败他,免得人家说咱们以多欺少。"王贵等人点头称是。汤怀担心地问道:"大哥,你手无寸铁,就拿着小木枝去,能打得过他吗?"

岳飞看了看,回答说:"我看他脾气暴躁,说话粗鲁,应该是头脑简单、四肢发达的主。我们可以智取,不能用蛮力。"说完,走到黑大汉身旁,说:"朋友,我是一个大商人,他们的钱还不如我一个钱袋里装的多。我留下,让他们都走吧。"黑大汉回头一看,是个文弱秀气的书生,不耐烦地说:"少废话,交出你自己的,管我干什么?"岳飞说:"我当然要把我值钱的东西都给你,但是你得自己来拿。不是说靠山吃山,靠水吃水嘛。你想要我的钱,还不自己来拿?"

黑大汉一听,笑着说:"算你识相。"岳飞接着说:"我的马队和商队马上就要到了,这些人挡在这,他们就找不到我。那样的话,你就拿不到钱了。快让他们闪开,不然拿不到钱可别怨我。"黑大汉听了,立刻放了那些被劫持的商人。被劫的商人从地上爬起来,没命地往前跑。

等众人走了之后,黑大汉对岳飞说:"你的商队和马队在哪? 该到了吧?"岳飞反问道:"什么商队和马队?"黑大汉着急地说:"就是你刚才说你的商队啊,不是说他们到了你就给我钱吗? 你不是骗我的吧?"岳飞一副如梦初醒的样子,一拍额头:"哎哟哟,我忘了告诉您了,我这个人好做梦,我刚刚说的是昨天晚上做的梦。"黑大汉一听,立即火冒三丈:"好啊,你竟敢骗你大爷! 看我怎么收拾你!"说着拎起拳头就朝岳飞打来。岳飞不慌不忙地往身旁挪了一步，飞起右脚朝黑大汉踢去。这一脚正踢在黑大汉的左肋上，黑大汉没防备，四脚朝天地躺在了地上。

王贵等人齐声叫好。黑大汉一骨碌爬起来，大叫一声："气死我了！"说着抽出别在腰间的短刀就要自杀。岳飞连忙抱住黑大汉的腰："好汉，你这是干什么？"黑大汉说："我长这么大还没这么丢人过，还是死了算了。"岳飞劝道："朋友你也太性急了，我又没和你打，是你自己脚底滑才摔倒的。你要是因为这个自杀，那你不是白死了。"听了岳飞的话，黑大汉的情绪稍微缓和了些。几个人坐在一起聊天，黑大汉说："我叫牛皋，是陕西人。我爷爷是将军，我爹临死前说只有找到一个叫周侗的人，我才能出人头地。于是我和我娘千里迢迢从陕西找过来。走到这被一群小毛贼给拦住了。我一生气杀了他们的头儿，抢了他们的衣服。为了给我娘治病，也给周师父攒点见面礼，这才当了强盗。你们是谁啊？来这做什么？"岳飞等人互相望了一眼，才开口说："我们是周侗的徒弟，我叫岳飞，这是王贵、张显、汤怀。我们来这是来拜祭师父的。"牛皋一听，立刻从地上蹦了起来："你的意思是说周师父去世了？没想到好不容易找到了周师父，他却去世了。我要是早点来就好了，哎！"

岳飞和王贵等人商量后，决定替师父收牛皋为徒。牛皋立刻高兴得手舞足蹈，带着岳飞等人去见自己的母亲。岳飞把牛皋和牛母带回自己家，牛母和姚氏见面后聊得很开心。

这天，岳飞等人在街上走，看到贴着朝廷招考武状元的告示。几个人决定一起去试试看。李正华生前有一个好友，名叫刘光世，现任相州节度使。李正华临终前曾告诉岳飞，如果将来想要从军报国，可以去找刘光世。现在，武状元乡试恰好在刘光世所管辖的相州，于是岳飞决定去相州找刘光世。第二天，岳飞、王贵、牛皋等人去了相州。一路上边走边打听，他们找到了刘光世。刘光世听岳飞说明来历之后，把岳飞等人当成贵客来看待。过了没几天，乡试开始了。岳飞、王贵等人凭借着出色的武艺，成绩都排在了前几名，岳飞更是高中乡试第一名。刘光世看了十分高兴，提笔给总留守宗泽写了一封推荐信，详细地介绍了岳飞等人的乡试情况，同时向宗泽推荐说，岳飞是一个难得的栋梁之材，希望宗泽能任用岳飞。大考的日子就快到了，几个人不敢多停留。临走前，刘光世把推荐信和五十两银子送给了岳飞，希望岳飞能在大考中夺状元。岳飞等人非常感激刘光世的帮助，一再叩谢，然后匆忙地上路了。

来到京城后，几个人先找了个小店住下。说来也巧，店老板正是在相州的时候开店的那个店老板。岳飞几个人还很疑惑，一问才知道事情的原委。

原来在相州的时候，刘光世有个手下叫洪云，是刘光世的总兵教练。岳飞等人刚去相州的时候，刘光世为了测他们的身手，特意安排岳飞和洪云比武。由于岳飞的武艺高强，轻而易举地战胜了洪云。当时洪云觉得很没面子，知道岳飞等人是刘光世的贵客，也没敢放肆。可是牛皋每次见到洪云都会逗他一番，说什么洪云这样的教练，只能教出街头打架的混混，误人子弟等话。气得洪云说不出话来。岳飞等人忙向洪云道歉。后来，洪云一生气找牛皋比试了一场，结果牛皋使诈，把洪云弄了个狗吃屎的姿势趴在了地上，惹得众人哄堂大笑，羞得洪云恨不能找个地缝钻进去。一想到洪云经常喝酒误事，刘光世就把洪云开除了。这下惹火了洪云，他带着人找到岳飞他们住的旅店，逼着店老板交出岳飞和牛皋。那时候，岳飞等人已经在去京城的路上了。洪云没找到岳飞和牛皋，就把气撒在了店老板的身上，带人拆了旅店，并且告诉店老板永远不许在相州开店，否则开一间拆一间。店老板没办法，全家搬到了京城的分店。这才有了几人的二次相遇。岳飞听了后，感到十分愧疚，拿出五两银子赔偿店老板。老板说什么也不要，只说让几个人好好安心考试，考上状元就是帮他做免费广告了。岳飞又打听宗泽府的位置，店老板详细地告诉了岳飞。

回到房间后，岳飞把牛皋狠狠地训了一顿。牛皋自知理亏，也没敢多说什么。吃完晚饭，大家商量着第二天去见宗泽的事。牛皋一听，嚷着也要一起去。王贵一听，立刻反对："就你这嘴，成事不足败事有余，谁敢带你去？"

牛皋气得噘着嘴："这次我去了什么话都不说，总行了吧？"说完，苦苦哀求岳飞，又是磕头，又是作揖，让岳飞等人哭笑不得。岳飞没有办法，只好带着他一起去。

第二天，岳飞等人按照店老板说的路线，随着人群一起来到了宗泽府门口，看见上朝回来的宗泽端坐在轿子里，果然如传说中的那样，威风凛凛，像一个黑面阎罗一般，让人望而生畏。汤怀问旁边的人："怎么宗大人回来就升堂啊？他上朝回来不休息吗？"旁边的人告诉汤怀，宗泽是一个爱民如子的清官，把百姓和国家的事情放在第一位，所以下朝回来后，都是直接升堂的，每天都是太阳落山后才开始吃饭。话音还没落，旗牌官开始将外县市的官文往府里递。岳飞说："我去投书。"刚要走，被张显拉住了："大哥，你身上穿的衣服太逊了吧。万一宗大人也是嫌贫爱富、以貌取人的贪官怎么办？你穿这一身进去，还没等表明心迹，就该被人轰出来了。那我们之前的努力不就白费了吗？我看，咱们换一下衣服吧，以防万一。至少出问题的时候，你还有一个开口解释的机会。"岳飞想了想，觉得张显说得也有道理。于是同张显找了个僻静的地方，换了衣服，才重新向旗牌官投书。

不一会儿，旗牌官传唤岳飞。到了大堂上，岳飞双膝跪下，说道："宗大人在上，请受汤阴县武生岳飞一拜。"宗泽往下一看，微微一笑，心想："果然不出我所料，不过是富家子弟花钱买来的推荐信，看看这身华丽的衣服，估计不是个饭桶就是个草包。"便问岳飞："你什么时候来的？"岳飞说："回大人，我是昨天到的。"说着，双手呈上了刘光世的推荐书。宗泽拆开看了看，突然一拍堂案呵斥道："岳飞！说，你这封推荐书花多少钱买的？从实招来，如果有半句假话，就大刑伺候！"两边衙役一起喊："威——武！"这一喝，王贵、牛皋等人吓坏了，牛皋更沉不住气了，非要闯进去看看："不好了，大哥出事了！我得去救大哥！"汤怀呵斥道："别动，沉住气，看看到底是怎么回事。"几个人都焦急地等着消息。

岳飞一看宗泽发怒了，并不惊慌，慢条斯理地说："我是汤阴县人，师从陕西人周侗。在相州，刘大人让汤阴县徐大人查了我的资料，知道我家上有高堂老母，下有牙牙学语的孩子，家里四壁空空。于是临行前，刘大人送给我五十两银子作为进京的路费，希望我能考个好功名，报效祖国，为国尽忠。"宗泽听了这番话，心中暗想："早就听说周侗很厉害，是梁山好汉林冲的师父。既然是他的徒弟，那岳飞也该有点本事才对。"于是对岳飞说："好吧，你跟我来！"

宗泽把岳飞带到箭厅，坐好后，对岳飞说："你去选一张弓来，射给我看看。"岳飞领命后，走到旁边弓架上，取过一张弓来试了试，觉得太软；再取一张来，还是一样软。一连取过几张弓都是一样。岳飞走上前，跪下说："启禀大人，这些弓都太软，恐怕射不远。"宗泽说："你平时用的弓是多少斤的？"岳飞回答说："回大人，我平时都用两百斤左右的弓，距离是两百步远。"宗泽命人抬来了他的神臂弓，有三百斤重。

岳飞接过神臂弓后，心里暗暗称赞，果然是一把好弓。搭上箭，嗖嗖嗖，一连九支箭，箭箭射在红心上。放下弓后，岳飞来拜见宗泽。接着，宗泽又让岳飞耍了一套枪，只见岳飞把枪一摆，横行直步，里勾外挑，枪花簇簇。宗泽看着，不知不觉地喊了声："好！"左右也齐声喊好。放下枪后，宗泽说道："不错，箭射得很准，枪也耍得很好，如果将来朝廷用你去带兵打仗，你怎么办？"

岳飞回答说："带兵打仗是我的理想，我想用一首诗来表达我的感受：

"令行阃外摇山岳,队伍端严赏罚明。将在谋献不在勇,高防困守下防坑。

"身先士卒常施爱,计重生灵不为名。获献元戎恢土地,指日高歌定升平。"

宗泽听了很高兴,吩咐下人把门关上。随后,宗泽走到岳飞跟前,亲自扶起岳飞,紧紧地握住他的手说:"快起来!我原以为你是走后门托关系进来的,没想到你是凭着自己的真才实学考进来的。"接着命左右给岳飞看坐。岳飞忙说:"宗大人在上,晚辈怎么敢坐着?"宗泽说:"没关系,你不用客气。坐下来,咱们好好聊聊。"岳飞只好领命坐下。宗泽又命人给岳飞上茶,岳飞喝了茶之后,两个人聊了起来。

宗泽说:"以你的武功来看,将来肯定是个做将军的料啊。不过想当将军,光会武艺不行,你还要会排兵布阵才行,你读过多少兵书?遇到敌人能按照兵书所说的来排兵布阵吗?"岳飞答道:"据晚辈所知,按照兵书来排兵布阵只能是纸上空谈,没有什么太大的用处,因此觉得不需要用太多的精力去钻研兵书。"宗泽一听,心里有点不高兴,脸色一沉:"那么,照你这么说,古人写的那些兵法都是废纸,没有一点可用之处,是吗?"岳飞不慌不忙地解释说:"古人写的兵书是为我们提供一种参考,我们可以按照兵书来排兵布阵,不过,在现实的战场上,可能会出现成百上千种意想不到的情况,这个时候如果我们一味地遵循兵书,而不考虑变通的话,那么,我们很容易吃败仗。因此,我们应该根据战时的不同、战场的不同、参战双方人数的不同来排兵布阵。我们用兵打仗,应该出其不意,让对方摸不到我们的真实实力,这样的话,我们打胜仗的概率才能增加啊!换句话说,如果敌人来偷袭,那个时候我们怎么办?还有时间按照兵书来排兵布阵么?所以用兵的精髓就是以不变应万变!这些都是我师父总结出来的,我也很赞成他的观点,不知道这样回答,宗大人是否满意?"

"好!说得好,果真是名师出高徒啊。不愧是国家的栋梁之材啊!刘节度使真是慧眼识英雄啊!只是,哎!……"宗泽欲言又止,重重地叹了口气。

"大人突然叹气,不知道是不是晚辈有什么做得不对的地方?还请大人指点!"岳飞问道。宗泽忙搀起岳飞,说道:"你真的很优秀,我非常欣赏你!只不过,时机不凑巧。有个藩王姓柴,叫柴桂,是柴世宗的嫡孙,在滇南南宁州,被皇上御封为小梁王。这次他来京城进贡,不知道听谁说咱们这正在选武状元,他也动了心,非要比武夺状元。平心而论,他的功夫虽谈不上最差,但至少拔不了头筹。这一点他自己也很明白,不过他打起了考官的主意。这四位考官都是当今圣上钦点的,可惜他们中有人没有按原则办事,收了梁王的贿赂。所以你的事情不太好办。"岳飞忙问:"是哪四位考官啊?他们中就没有一个能主持公道的吗?"宗泽回答说:"这四大考官是:丞相张邦昌、兵部大堂王铎、右军都督张俊,还有一个就是我。他给我们每个人送了一封信,还有一份礼物,现在除了我,他们三个人都收了礼物,答应让他做武状元。你想,我再努力也改不了既成的事实啊。所以才说你来得不巧啊!

牛皋醉酒图

哎！可惜啊！"

岳飞听了，"扑通"跪在了宗泽的面前："还请大人为我们主持公道啊！"宗泽无奈地说："为国招纳贤士，挑选栋梁之材，本是我们做臣子应尽的职责，但是现在的世道变了，很多事情我也是有心无力啊！现在我和你说的话可能早就传到别人的耳朵里去了，这就是官场啊。今天我本想与你再多聊一会儿，不过为了以防万一，你还是先回去，等到比武场上再说吧！"

岳飞跪在地上，给宗泽磕了三个头："谢谢宗大人！"然后出了宗泽府。王贵等人一看岳飞出来了，忙上前询问："大哥，你在里面怎么样？宗大人有没有为难你啊？我们都担心死了。"岳飞微微一笑，说道："我又没犯法，宗大人为什么要为难我啊？走吧，咱们回旅店。"回到旅店，岳飞把门关好后，才把在宗泽里射箭、耍枪、谈兵法的事情，告诉给众人，只不过柴桂那件事，他却只字未提。

第二天，宗泽派人悄悄地送了一桌酒席给岳飞等人接风，并嘱咐岳飞等人不能声张。岳飞忙给送餐的差人二两银子，算是答谢。岳飞让店小二把酒热上，几个人就在房间里喝了起来。牛皋边喝边说："这个宗大人，还真是个怪人，给咱们酒席，还不让咱们说出去。行，反正是花朝廷钱买来的酒席，哥几个就放开肚子使劲吃吧，不吃白不吃！"王贵白了他一眼："吃还堵不住你的嘴！大哥，咱们喝闷酒也没意思，不如来个行酒令吧！"其他人纷纷响应，于是从岳飞开始说行酒令。因为牛皋嘴笨，又没读过什么书，被连着罚了很多，不一会儿就醉倒在桌子旁，嘴里不停地喊："来，干！"只有岳飞因为柴桂的事情，没有喝多，其他几个人已经醉得差不多了。

过了两个时辰，牛皋醒了，看到其他人都在睡觉，就想出去走走。于是让店小二牵来岳飞的马，骑着去逛街了。走着走着，发现街上一个穿白衣服的人和一个穿黑衣服的人都骑着高头大马，身上别着武器。牛皋心想：这是不是来比武争状元的，我得跟着，万一他们去比武夺状元的话，我得帮大哥拖延时间。想着想着，牛皋再抬头一看，两个人已经没有踪影了。牛皋急得乱蹦，忙四处打听，一路跟着去了小校场。还没进去，就听里面传来了叫好声。牛皋拨开人群，看到有两个人正在台上比武，于是大喊了一声："状元是我大哥的，不许你们抢！"

憨牛皋在比武场上又会闹出怎样的笑话？岳飞能如愿夺取武状元吗？请看下一回：夺状元枪挑梁王。

第四回

夺状元枪挑梁王

　　牛皋拨开人群,看到有两个人正在台上比武,于是大喊了一声:"状元是我大哥的!你们比什么,还不快滚,不然爷爷的铜可不是好惹的。"在台上比武的正是刚才看到的白衣人和黑衣人,这白衣人是杨门的嫡孙杨云虎,黑衣人是罗成的后人罗延庆。两个人被牛皋这么一喊,都下意识地停住了。牛皋赶紧跑上比武台,把双铜一亮,摆开了战备的姿势。杨云虎和罗延庆互相看了对方一眼,杨云虎低声说:"不知道哪来的二百五,咱们逗逗他吧!"罗延庆笑着点点头。牛皋一看,两个人在那窃窃私语,又朝着自己挤眉弄眼,气得脸都绿了。"唰"就是一铜,朝着杨云虎打了过去。杨云虎把枪一抬,架开了牛皋的铜。接着罗延庆把枪一抖,奔着牛皋的心窝戳了过来。牛皋忙用铜去挡,好不容易挡开了罗延庆的枪,杨云虎的枪又到了眼前。牛皋原本武功就差,又遇到了杨云虎和罗延庆这样的高手,哪里是人家的对手。几个回合下来,牛皋已经大汗淋漓,招架不住了。杨云虎和罗延庆只是想逗逗牛皋,让他出出丑。牛皋边打边喊:"大哥啊,你怎么还不来啊,状元要被别人抢走了!"杨云虎和罗延庆一听,知道牛皋还有个武艺好点的大哥，两人顿生好奇之心，想看看这个武艺好一点的大哥会是什么样，因此两人只把牛皋逼住，不让他有逃脱的机会。

岳飞等人醒了之后，发现牛皋和他的锏都不见了，忙问店小二才知道牛皋出去了。刚到街上，就听街上的人议论，小校场有个黑大汉正和两个人比武。几个人担心牛皋出事，赶紧朝着小校场方向跑去。

刚到校场外，就听牛皋喊："大哥啊，你怎么还不来啊，状元要被别人抢走了！"岳飞忙挤进人群，就看到牛皋面容失色，口中直吐白沫。一个白衣人和一个黑衣人骑在马上，两杆枪交错，一盘一旋，缠住牛皋。牛皋哪里能招架得住，眼看就要从马上掉下来了。岳飞对王贵等人说："你们在这等着，我去救他。"然后高喊一声："不要伤我兄弟！"就拍马上了比武台。杨、罗二人一看又来了一个，就把枪一收，牛皋这才松了口气："哎呀，大哥呀，你怎么才来啊，状元要被人家抢走了！"岳飞一听，又好气又好笑，说道："兄弟，快下去吧，剩下的交给哥哥！"牛皋这才放心地下了比武台。

杨、罗二人又把枪一齐对准了岳飞，两杆枪朝着岳飞的前胸刺来，众人都为岳飞捏了把汗。岳飞把枪往下一扔，只听得一声响，杨、罗二人的枪头已经着地，左手打开，右手拿住枪钻上边。这是有名的"败枪"，也就是说，这招一出，任凭你有再高强的本领，也是挽救不了败局的，因此被人叫做"败枪"。两人一看岳飞使出了败枪，心中一惊："武状元非他莫属了！"于是调转马头径自走了。

岳飞赶紧去看牛皋，只见牛皋大口大口地喘着粗气，就问牛皋："你怎么和他们打起来了？"牛皋委屈地说："还不是给你看着状元嘛，他们要是把状元夺走了，那咱们不就白来了吗？"岳飞笑道："多谢你帮我'守状元'，这状元是天下英雄比武胜出后，才能当的，怎么能私底下抢呢？"牛皋一听："啊，敢情我这半天白忙活了，奶奶的，两个兔羔子敢逗爷爷，看我以后怎么收拾他们！"岳飞等人大笑，各自骑马回旅店了。

很快到了比武的日子。天刚亮，兄弟几个就都早早地起来梳洗。吃过早饭后，各自取出战袍战甲穿上。汤怀身穿白色战袍，身披银色战甲，背后插着箭和弓；张显穿着绿袍戴着金甲，腰中挂着剑悬着鞭；王贵一身红袍金甲，从远处一看，就像是一团火炭；牛皋是一身铁盔铁甲，好像一朵满含雨水的乌云；只有岳飞还是在相州考武举人的那身旧战袍。兄弟五人，个个精神抖擞，神采飞扬。众人刚要上马去小校场，就看见店小二，左手拿着一个糖果盒，右手提着一大壶酒朝这边跑来。店主人说："各位相公，请喝杯状元酒吧，好抢个状元回来！"众人谢过店主人，每人吃了三大杯，然后一起去了小校场。

校场上人山人海，九省四郡的比武英雄都到齐了。三位主考官张邦昌、王铎、张俊，一齐进了校场，到了演武厅坐下喝茶等宗泽。不一会儿，宗泽也来了，同其他三个人行礼后，坐着喝茶。就听张邦昌说："宗大人的得意门生来了吗？请上来吧！"宗泽问道："什么得意门生，我又不是教书的先生，哪来的得意门生？"张邦昌阴笑着说："汤阴县的岳飞，不是您的得意门生吗?"在那个年代,朝廷的官员为了保全自己的官位都会派一些间谍,偷偷地监视自己政敌的一举一动,哪怕是被窝里放个响屁,间谍们都能知道得一清二楚。因此,那天宗泽见岳飞,又给岳飞送酒席的事情自然而然地就传到了张邦昌的耳朵里。

宗泽一听张邦昌提"岳飞"的名字,突然紧张起来,好像自己犯了什么错一样,半天没说话。过了一会儿才说:"不错,岳飞是受相州节度使刘光世之命,来我府上送了推荐信。这也是按照朝廷的要求办的。请问张大人,岳飞来我府上的事,您是怎么知道的?"张邦昌尴尬地说:"开个玩笑,开个玩笑。宗大人又何必那么认真呢。"宗泽接着说:"选栋梁之材是皇上的命令,怎能允许你我私做主张呢!为了表明公正之心,今天咱们得对着皇上的圣旨发誓,比武要公正,不能徇私舞弊,如有违反就是欺君之罪。起誓后咱们才能开始考试!"随后命人抬来了香案,将皇上册封四人为主考官的圣旨供奉起来。宗泽先拜了天地,接着拜了皇上的圣旨:"下官宗泽,浙江金华义乌人。承蒙皇上圣恩在此监督武状元考试,我一定会秉公执法,任人唯贤,为国选栋梁之材。如果有贪赃枉法、徇私舞弊、误国误民行为的话,甘愿死在校场上的乱箭之下!"张邦昌一听,心里犯了嘀咕:"这个宗老头,今天刮的是哪阵邪风,好好地在校场上起什么誓。"只好硬着头皮起誓,其他几人也都起了誓。

起完誓,四个主考官重新坐回位子上。宗泽心想:"既然你们都想把状元给柴桂,好,那咱们就看看他够不够格!"便叫旗牌官:"传南宁州的举人柴桂上来。"小梁王柴桂应声来到演武厅,朝着主考官作了个揖,就站在一边听令。宗泽问:"你就是柴桂?"梁王回答说:"是!"宗泽说:"你既然来考试,为什么见了主考官不跪拜? 换作往常,你是藩王,我们自然会请你上来坐。但是今天,你既然来参加考试,就只能是举子的身份。试问,我大宋律例中哪一条规定举子见了主考官可以不跪? 你放着好好的藩王不做,偏要听信别人的教唆来考武状元,又有什么好处呢? 今天是天下英雄都到齐了,其中不乏武林高手,你有信心打得赢他们? 这个状元就非你莫属了吗? 我劝你还是回到自己的本郡,保全你藩王的名节,难道不是更好吗? 你好好想想,然后做个决定!"梁王被宗泽的一番话说得无地自容,又没有办法,只得低头跪下。

其实,梁王能放下身段来参加武状元的比试,主要是想打入大宋朝廷的内部,一旦考上武状元,将来就有机会掌管大宋的军队,然后效仿宋太祖赵匡胤陈桥兵变,进而侵吞整个大宋的江山。可是他又没有什么真本事,这才找张邦昌等人帮忙。张邦昌他们只知道梁王想当武状元,却没想到他会别有用心,因此还都合谋打算帮他夺状元。

张邦昌一看梁王被训,急得不得了,心想:"你整我的人,我也整整你的人!"于是叫旗牌官传唤岳飞。岳飞应声来到了演武厅,一看梁王跪在了宗泽的面前,于是他就跪在了张邦昌的面前,给张邦昌磕了一个头。张邦昌问道:"你就是岳飞吗?"岳飞答:"是。"张邦昌又问:"看你这身打扮,就知道是个平庸的货色,你能有什么本事来夺状元?"岳飞回答说:"回大人,我不敢妄想一定能夺到状元。可是,今天来到校场上比武的人,又有哪个是不想夺状元的呢?下面等命的几千人中个个都能把状元拿回家吗?因此,也不能说每个人都是妄想吧?"张邦昌本来是想骂岳飞一顿,没承想反倒被岳飞给堵了回来,气得鼓鼓地说:"好,废话少说!先看你们两个有什么本事,然后再考其他人。我问你,你用什么兵器?"岳飞回道说是枪;他又问梁王,梁王说是刀。于是张邦昌让岳飞做"枪论",让梁王做"刀论"。

两人领命后来到位于演武厅两旁的文试场,开始比试写作。要说梁王也不是一个十足的庸才,只不过刚才被宗泽训了一顿,自尊心受到了严重的打击,手就不自觉地有点抖。这一抖不要紧,一下子把"刀论"写成了"力论"。心里一急,想修改一下,没想到涂了个满篇黑,头上的汗珠像断了线的珠子一样往下掉。再看岳飞这边已经写完了交卷了,梁王知道自己肯定输了,也就不写了,直接把卷子交上了。张邦昌先把梁王的卷子拿过来一看,赶忙把卷子塞到袖笼里;再看岳飞的文字,心里暗暗一惊:"这个人的文才比我还厉害,怪不得宗怪物这么喜欢他!"故意呵斥岳飞说:"这样的文字,也敢拿上来吗?简直是浪费考官们的时间!"说着,把卷子往地上一扔,喊了声:"扔出去!"听令官上来领命,正准备动手,被宗泽制止了:"等一下!"听令官一看宗泽发话了,都不敢动了。

宗泽命人拾起岳飞的卷子给他,听令官不知道该听谁的,呆呆地站在原地没敢动。岳飞只好自己拾起卷子递给宗泽。宗泽打开一看,果然是才华横溢,文采出众。于是也学张邦昌,把岳飞的卷子塞到了自己的袖笼里,然后对岳飞说:"岳飞,你就这点本事还想夺状元?你不知道苏秦献的'万言书'和温庭筠代写的《南花赋》吗?"

"万言书"和《南花赋》①是两个典故。这两个典故说的都是妒贤嫉能的故事。张邦昌知道宗泽明着训岳飞,实际是说自己嫉贤妒能,也只能装聋作哑,就像那王八掉进了灶坑——憋气又窝火。于是没好气地对岳飞说:"岳飞,先不说你的文章写的怎么样,你敢和梁王比箭吗?"岳飞一抱拳:"考场上考官的命令,我们只能服从,怎么能反对呢?"这下可把宗泽乐坏了,忙对左右说:"去,把箭靶子给我摆到一百步以外。"

梁王一看箭靶子很远,担心自己输给岳飞,偷着向张邦昌请求说:"我的弓箭差一些,让岳飞先射吧。"张邦昌就让岳飞先射。这边让岳飞做准备工作,那边偷偷地安排亲信将箭垛子移到了二百五十步开外,好让他知难而退。岳飞走上场,气定神闲地站好,慢慢地拉开弓,搭上箭,一松手,九支箭如流星一般闪过,一起穿透了靶心。听令官把箭靶抱上来给张邦昌看。张邦昌本来就是个大近视眼,看到九支箭和靶子

---

①"万言书"说的是当初苏秦到秦国进献万言策,秦相商鞅害怕他会取代自己的位置,于是只选张仪,而没选苏秦。《南花赋》的典故说的是晋王让桓文到御花园赏南花(铁梗海棠),赏花后让桓文写《南花赋》,但是桓文没写出来,就对皇上说第二天再交。回到府里后,桓文让温庭筠代写了一篇《南花赋》。桓文看了温庭筠的《南花赋》后,大吃一惊,心想:"如果晋王知道温庭筠这么有才华,那我的地位不就保不住了吗?"于是将温庭筠药死,然后把《南花赋》抄了一遍献给了晋王。

都摆在地上,又听传令官说九支箭都是从一个孔射出的,没等传令官说完,张邦昌就呵斥说:"胡说!哪有九支箭从一个孔出来的。要么就是作弊,快拿走!"

梁王一看,射箭自己肯定比不过岳飞,眼珠一转想出了一条计策。于是梁王要求和岳飞比武。张邦昌答应了他的要求。梁王听了,马上走下演武厅,整鞍上马,手里提着一把金背大砍刀,催马来到了校场中间,把刀一横,叫嚣道:"岳飞!还不快上来,看刀!"岳飞虽说武艺高强,但顾忌到梁王的身份,心里有些犹豫,勉强上了马,倒提着枪。校场上等待考试的人一看这个情况,都纷纷议论说:"这个举子肯定不是梁王的对手。"宗泽在旁边也跟着担心起来。

梁王一看岳飞过来了,便压低声音对岳飞说:"岳飞,我告诉你,如果你能假装败给我,帮我夺得武状元,我会重重地赏你,包你有享不尽的荣华富贵。如果你要是不答应,别怪我手下无情,要你的小命!"岳飞回答说:"您是千岁,按理说,您吩咐的我应该听从,但是今天在这考试的不只我一个,满天下的英雄贤士哪个不是寒窗十载学出来的?这么辛苦的学习不就是为了今天能够夺取状元,光宗耀祖吗?您作为一个藩王,富贵荣华都有了,功名利禄也都齐了,又何必和我们抢这个状元呢?这样不是辜负了皇上求贤选士的美意?而且也委屈了您为国尽忠的心啊!还请您再仔细考虑!不如把这个状元让给这些举子吧!"梁王一听,顿时火冒三丈:"呸,小小的一个武举人竟敢教训我!我看你是敬酒不吃吃罚酒,那就别怪本王不讲情面!"说完,举刀劈向了岳飞。岳飞把枪向上一挑，架开了刀。梁王接着又是一刀拦腰砍来，岳飞把枪杆一横，向后一倒，从右边接住了梁王的刀。这招本是"鹞子大翻身"，但是岳飞并没有完全使出来。梁王一看连着两招必杀招都被岳飞轻而易举地破解了，心中更加恼火，于是举着刀，开始胡劈乱砍，也不讲什么章法。岳飞沉着冷静地应对着，一会儿"鹞子大翻身"，一会儿"童子抱心势"，虽然是只守不攻，但总是能破解梁王的招数。梁王虚晃一招，掉转马头朝着演武厅奔去，岳飞紧跟着策马而来。

梁王下马来到了演武厅，对张邦昌说道："岳飞武艺平平，不是对手。和他交手，有辱我藩王的身份。"张邦昌忙附和着说："我也看他的武艺平平赶不上您！"宗泽见岳飞跟在梁王的后面，便把岳飞叫过来问话："你的武艺如此平常，怎么能来争状元呢？"岳飞回答道："回大人，不是我学艺不精，只是对手贵为藩王，作为臣子怎么能和君王交手呢？"宗泽一听，生气地说："在比武场上，你们都是举人，没有藩王与老百姓的差别！"岳飞想了想说："大人，在武场上比试，刀枪不长眼，难免会有磕磕碰碰的时候。如果梁王杀了我，那我只能是白送命；如果是我伤了梁王，梁王能轻饶了我吗？这样的话，不但没夺到状元，反倒连累了亲朋好友！因此，我希望大人能为我做主，让梁王和我各立一张生死状，不论我们谁有失手，都不应该追究对方的责任，这样我才敢应战！"

宗泽听了，觉得岳飞说得合情合理，就问梁王："你有什么意见？"梁王正犹豫，张邦昌把话接了过去："好个岳飞，技不如人还要给自己找借口。好，梁王你就签生死状吧，如果伤了他的性命,你也能让其他人心服口服!免得让人说你以大欺小。"梁王没办法,只好硬着头皮签了生死状,四个主考官也盖了自己的印章,以示公正。梁王和岳飞互换了生死状后,就把生死状交给了张邦昌;岳飞一看,也打算把生死状交给宗泽。宗泽一板脸:"涉及你性命的文书,当然得由你自己保管,怎么能交给我?!"岳飞连连称是,向主考官申请去场外送生死状。来到场边,岳飞对汤怀说:"一会儿如果梁王输了,你们一定要守住他的营帐,我担心他的手下会来找麻烦。"又对张显说:"你看营房后面都是他的手下,如果真的动手,你可以帮忙解决一些。王贵,如果我在场上被梁王杀了的话,你记得帮我收尸。如果是输了,你可以把校场门劈开,咱们好一起逃命。这是一张生死状,你帮我好好收着。生死状在,人在!生死状亡,人亡!切记切记啊!"说完,赶紧回到校场中间。

梁王签了生死状后,心里很紧张,趁着岳飞送生死状的空当,赶紧溜回了营帐中。正常来说,考试的时候是不允许设置营帐的。因为他的身份比较特殊,加上主考官中大部分已经被他收买了,谁也没管他。其实,梁王设置营帐的最主要目的是为了以防万一,准备从暗中动手抢状元的。梁王来到营帐中,马上召集家将,气急败坏地说道:"本来我能稳稳当当地拿到状元的,没想到突然冒出来个岳飞。虽然张邦昌一直帮我,但是宗泽那个老顽固一直帮岳飞。现在我和岳飞立了生死状,不是他死,就是我亡。你们说怎么办?"众人都说:"如果姓岳的不识好歹,我们就出去收拾他,再说了,张太师他们在帮您，肯定没事的。"梁王这才重新抖擞着精神出去迎战。

梁王与岳飞在校场上相见，两马一错镫，梁王策马提着金背刀，照着岳飞头顶就是一刀。岳飞拿枪一架，把梁王震的两个臂酸麻。梁王一看，知道情况不妙，不自觉地心慌意乱，朝着岳飞又是一刀。岳飞把枪轻轻一举，将梁王的刀挑到了一边。梁王一看岳飞只守不攻，心里又暗自得意起来，提着金背刀，左劈右砍，上剁下拦。岳飞见梁王不知自重，心想：既然你不顾及藩王的面子，那就不要怪我了！梁王一见岳飞走神，立刻提着大刀朝岳飞头顶砍下来。岳飞不慌不忙地把枪一举，搪开了梁王的刀，接着一抖枪，朝梁王刺去。梁王一看枪到眼前了，急忙把身子向右边躲。此时，岳飞的枪已经插到了软肋上。岳飞把枪一挑，顺势把梁王挑到了马下。梁王被突如其来的攻击打蒙了，忘了防备，一个倒栽葱朝下掉到了地上。梁王的坐骑受到了惊吓，抬起前蹄打了个响鼻，抬起的前蹄正好踩在梁王的头上。梁王顿时脑浆迸裂，当场死亡。

几个主考官都愣住了，过了半天，张邦昌才回过神来慌张地传令："来人，把岳飞推出去斩了！""等一下！"宗泽喊道，"梁王的死与岳飞有什么关系？他是被马踩死的，再说了，比武前他们都已经立过生死状了，你我都盖了章画了押。现在太师突然要斩岳飞，如果传到皇上那，你我也是要受到牵连的。"张邦昌说道："岳飞不过是一个小小的举人，竟敢把梁王给挑死了。这样的乱臣贼子，人人都能杀，不用上奏！"牛皋等人在校场外听到张邦昌的话,高声喊着:"嗨,天下来应考的人那么多,谁不是签了生死状的?他梁王的命就是命,我们的命就是草。就因为他是梁王,我们这些人就得让着他?!一定是你们收了人家的贿赂替人消灾吧!各路好汉们,今天如果不是岳飞,咱们就得被梁王都杀了,考官也不会为咱们主持公道,不如咱们先杀了这些贪官,也不枉咱们来考试啊!"说着,一锏打断了旗杆。众人一看,都跟着起哄,"梁王行贿,考官受贿"的叫骂声不断地传来,考场上的人群开始涌动。

这下可把张邦昌、王铎、张俊吓坏了,忙向宗泽问对策。宗泽说:"现在群情激动,如果咱们上奏皇上,皇上也一样会怪我们办事不力。如果我们放了岳飞,就可以平息众怒,择日再考,也可以完成皇上交给我们的选才任务。而且,梁王已死,即便杀了岳飞也不能换回梁王的命。"张邦昌忙点头称是,让旗牌官把岳飞放了。

岳飞被松绑后,骑上马,取了兵器就走了。牛皋领着众兄弟一起追了出去。王贵在外看见岳飞朝这边奔来,忙砍断校场的门,五个兄弟一起逃了出去。

那么岳飞等人能顺利逃脱吗?面对岳飞这样难得的栋梁之材,宗泽又会做出怎样的取舍呢?请看下一回:冰河战岳飞初捷。

 冰河战岳飞初捷

岳飞等人冲出校场,快马加鞭直奔宗泽府去了。到了宗泽府门前,几个人对着衙门的方向,磕了三个响头,然后起身对门口的巡捕官说:"请您转告宗大人,他的大恩大德,我们只能来世再报了!"说完,几个人回到了旅店,收拾好东西就走了。

再说校场上,考官们一看要参加考试的举人们都已经走了,于是吩咐梁王的家将来收尸。来到午门,张邦昌奏道:"南宁藩王柴桂在校场上被宗泽的门生岳飞挑死了,吓走了其他考生,只能择日再考,还请皇上定夺。"说完得意地看了一眼宗泽。由于宗泽是两朝的大臣,皇上只是削了他的官职,让他回家待命。

宗泽一回到府衙,门口的巡捕官就赶过来回报说:"大人,刚才岳飞等五个人,一起到辕门外来哭拜,说是要来生再报您的恩德。还特意吩咐我,让我一定要转达给您。"宗泽叹了口气,说:"可惜啊,可惜!"说着,吩咐家将准备快马去追岳飞。家将问:"大人,他们都已经跑远了,您还追他干什么?"宗泽着急地说:"以前萧何月下追韩信,才有了汉朝四百年的天下。今天的岳飞不亚于当年的韩信,更何况国家现在正是用人的时候,怎么能失去这么优秀的栋梁之材呢?"于是,宗泽带领着家将去追赶岳飞等人。

岳飞等人出了城门,快马加鞭向前奔去。牛皋不解地问:"都出城了还怕什么?"岳飞说:"兄弟,梁王毕竟是藩王,虽然我和他立了生死状,但是他的命就是比我们的值钱。我担心他的部下来找咱们的麻烦,多一事不如少一事!"走了一个多小时后,就听后面有急促的马蹄声,听声音应该是人数不少。王贵忙问:"是不是官兵追上来了?要不就是梁王的家将追来了。"牛皋一听就急了,吼道:"好小子,还没完了,敢追爷爷,看爷爷不打死你。大哥,咱们不走了,跟他们干,好来个了断。然后咱们再杀进京城,杀光奸臣,把皇帝老儿拉下来,大哥就做皇帝,我们四个做大将军,哈哈,这样的人生才有意思啊!"岳飞大怒,呵斥道:"闭嘴!你胡说什么?疯了吗?"牛皋也生气地说:"好,闭嘴,一会儿人家来了,我们就伸着脖子等着人家剁好了!!"

正说着,只见一匹飞马好似从天而降一般,来到了岳飞的跟前,马上的人大叫道:"岳相公等一等,宗大人来了。"岳飞把马缰绳一勒,在原地停住了。不一会儿,宗泽带着众人赶了过来。

众兄弟一看宗泽来了,立刻下马,齐刷刷地跪下了。宗泽连忙下马,双手搀起岳飞,并让众人起来说话。岳飞歉疚地说:"在校场上多亏您帮忙,我们才得以逃命。由于跑得太匆忙,我们还没来得及报答您的救命之恩。现在您大老远的

岳飞谢罪图

追过来,是不是有什么事?"宗泽说:"今天的事情已经向皇上做汇报了,被张邦昌奏了一本。不过,事情还没结束,你们先不要去别的地方,我已经给你们准备好了衣服,你们先换上宗府家丁的衣服,随我一起回府。"众兄弟赶紧换了衣服,随着宗泽回府了。

回到宗泽府后,岳飞等人被安排到后花园里一处小院中。这是宗泽平时练武的地方,因为怕别人打扰,所以才安排到了隐蔽的地方。不一会儿,宗泽派人送来一大桌丰盛的酒席,可把牛皋乐坏了:"哎呀,宗老爹想得太周到了,知道我们从早上到现在都没吃饭,给我们送了这么多好吃的!饿死我了,我先吃了!"说完,狼吞虎咽地吃了起来。其他人也都饿坏了,顾不上吃相好坏,直接上手抓着吃。吃完饭,大家各自回屋睡觉了。经过这一天的奔波,众人倒头就睡,不一会儿鼾声四起。

接连几天,岳飞等人都在宗泽的安排下,好吃好喝地歇着。白天打打拳,练练功,温习兵法。晚上宗泽过来和众人聊当前国家的紧迫形势,鼓励众人要抛开个人的恩怨,全心全意地为朝廷效力。可是岳飞觉察出问题了,这几天宗泽既不上朝也不让旗牌官传令进书。这天,岳飞偷偷地向送饭的家丁打听,才知道宗泽因为校场的事情被贬了职。岳飞等人觉得十分歉疚,来到前厅,向宗泽请罪。

宗泽说:"没什么,虽然我不在朝廷效力,但是我的爱国心是不会变的。以后,我把国家的战事情况告诉你们,咱们一起研究兵法阵型。如果以后你们有参军入伍的那一天,你们也能用得上。"众兄弟十分感动,齐声说:"我们愿意誓死追随宗大人!"从此,宗泽和岳飞等人经常研究兵法、战术等。

这一年,金国大举进兵中原,抓走了宋徽宗赵佶、宋钦宗赵桓父子和好几千名皇族妃嫔,历史上把这次事件叫作"靖康之变"。

金人抓走徽、钦二宗后,命张邦昌为"大楚国"的皇帝,并把都城定在了江陵。金人的意图很明显,是想借张邦昌之手,来治理大宋的百姓。全国上下都痛恨张邦昌卖国求荣的可耻行径,各地起义军频频发动起义,反对张邦昌的统治。张邦昌虽然借着金人的势力,如愿以偿地当上了皇帝,要兵力没有兵力,要权利没有权利,只不过是徒有虚名的一个光杆司令而已。于是张邦昌赶忙把这个空帝位转让给了大宋的亲王,史称宋高宗的赵构,这才平息了百姓的愤怒。

在太行山附近有个金刀王善,听说朝中宗泽被削职,仗着有些兵草打起了当皇帝的主意。他领着部下,一路打到了京城外。守城的将士一看王善的军队来了,立刻关上城门,增兵守护,一边又急急忙忙地向朝廷禀报军情。皇上问众人有什么好的建议,众人都低头不语。皇上大怒:"你们都是一群饭桶,一群山贼都解决不了,废物!国家正是用人的时候,你们连站出来出个主意的人都没有?"

话音未落,站出一位大臣:"臣李纲启奏陛下,王善的部下都是很骁勇善战的,想要谋反也不是一天两天的事了。只是因为宗泽在他们有所顾忌才不敢举兵造反。现在,宗泽因为梁王事件被牵连,已经被贬回家。臣认为如果要打败这群山贼,只有重新召回宗泽。"皇上忙点头答应,传圣旨命李纲召宗泽回朝,领兵退贼!

李纲奉旨来到宗泽府,远远地看见宗泽的儿子宗方出来迎接。一问才知道原来宗泽病了,已经卧床不起好几天了。李纲忙让宗方带着他去看望宗泽。李纲焦急地询问病因,宗方说宗泽在比武场上受了惊吓,回来之后就躺在书房里,谁劝都不管用。李纲刚走到门口,就听书房里面鼾声如雷。李纲说:"幸好是我来,要是其他人来,又要给他加个欺君的罪名了。"宗方忙说:"我爹真的病了,并不是装病。"话音还没落,就听宗泽喊道:"好奸贼啊!"翻个身又睡了。李纲已经知道宗泽抱病的真实原因了,于是转身对宗方说:"告诉你父亲,我还会再来的!"说完,笑着走了。

回到朝廷,李纲向皇上禀报说:"宗泽病了,不能领旨。上次从比武场回来后,宗泽急火攻心,得了怔忡的病。我去的时候,恰巧碰见他在梦中大骂奸臣。所以,我认为他的心病还得用心药来医。如果皇上能下旨,将奸臣捉拿归案,宗大人的病就能立刻痊愈了,我们就可以马上去攻打王善的大军了。"宋高宗忙问:"谁是奸臣?"李纲刚要启奏,只见张邦昌已经跪在地上抢先奏说:"兵部尚书王铎就是奸臣。"皇上立刻下旨将王铎拿下,送交刑部审查。可怜王铎还没弄清楚是怎么回事,就成了张邦昌的替死鬼了。

虽然张邦昌没有受到应有的惩罚,但是想到国家正在危难之时,宗泽也就答应了皇上的要求,带五千精兵讨伐王善。其实王善也不是什么厉害的角色,虽然从各地召集了四五万人,但都是一群乌合之众。岳飞等人根据实地情况,研究出了一套周密的方案。

王善的部下打听到宗泽要带兵来讨伐,心里十分害怕。这天,两军在牟驼冈开战。王善一看到岳飞,三魂已经吓掉了两个半,因为岳飞枪挑小梁王的时候,他在校场上看得清清楚楚。岳飞见状劝说道:"王善,以你的实力肯定不是我们大宋的对手,还是快些投降吧。我们会向皇上求情,请他老人家网开一面,饶你不死。"牛皋接着说:"就是啊,太行山的小王八,快到爷爷这来投降吧,不然,爷爷把你炖吃了!"说完仰天大笑。

王善气得眼睛喷火,挥舞着柳叶刀就杀了过来。岳飞提枪策马前去迎战。王善原本武艺平平,被牛皋这么一气,刀的招式已经没有章法可言。岳飞看准一个空当,一枪刺中了王善的后心,王善"啊"的一声摔下了马。牛皋和王贵等人一看王善死了,立刻带人冲进敌营剿杀敌寇。

宗泽得胜回朝,受到皇帝的热情迎接,满朝文武大臣也纷纷向宗泽表示祝贺。宗泽趁着皇上心里高兴,将岳飞等人带兵杀敌的情况,向皇上做了详细的汇报。皇上一高兴,连着岳飞等人一起奖励,将岳飞、王贵等人编入宗泽的部下。从此,岳飞跟着宗泽走上了从军的道路。

这年冬天,金兵又入侵到了黄河附近,赵构命宗泽率军去迎战。宗泽带着岳飞等人和他的军队去了滑州。到了滑州,宗泽的军队和金兵的军队隔着河相望,谁都不敢轻举妄动。岳飞每天带领数百名部下,加紧训练。这天,岳飞又带着部下去河上练兵，顺便观察一下敌人的动静。

岳飞来到了河边，这时天阴沉沉的，马上就要下雪。岳飞想了想，对部下说："现在天越来越冷了，河水都开始冻冰了。金人生长在北方，比较能忍耐寒冬，现在他们都集中在对岸，肯定是在寻找时机过河进攻。像今天这样的天气，就是他们进攻的好时机。所以我们今天要练品字阵，一来可以复习一下，二来也可以以防万一。如果金兵不来就算了，如果他们来了，也猜不透我们的实际人数，不等他站稳脚跟，我们就能把他打回老家去。"

众人一听，心中倍受鼓舞，恨不能现在就杀到对岸，把金人赶回老家去。众人忙把人马分成三队，冒着寒风练习起来。练着练着，天上开始下雪，不一会儿就变成了鹅毛大雪。岳飞让大家躲到避风处，自己则站在马前观望。

牛皋说："大哥，你看这雪，恐怕不小啊！"岳飞随口答道："你怕冷吗？怕冷就回去吧！"话音未落，脸上露出了惊喜的表情："果然不出我所料，他们真的来了。你看，那是什么？"牛皋使劲地向对面看，可是什么也没看见。岳飞笑着说："如果看不见的话，你就趴到冰上听听看吧。"牛皋连忙跳下马，趴在冰上听动静。

不一会儿，从冰上隐约传来了许多马蹄声。岳飞说："敌人一向不把咱们的军队放在眼里，他们绝对想不到我们会去偷袭他。现在老天都在帮我们，用这难得的好天气帮我们作掩护。快，你马上传令：命吉青、董先等人马上分头潜入敌人的中部，把他们拦腰斩断。然后你再赶过来一起杀敌，我先过去观察敌人的动向。"说完，右手长枪一挥，左手拔出背上的砍刀，一马当先，冲了上去。

后面的将士一听要杀敌人，精神大振，都纷纷上马，紧跟在岳飞的身后，向前飞奔。这些人所骑的战马，马蹄上都有岳飞命人定制的马蹄套，跑起来十分轻快。岳飞从老远就看到对面雪花中，稀稀疏疏地现出一大片黑影，但是行动却十分迟缓。岳飞侧耳一听，敌人的马蹄上好像没有蹄套，心中十分高兴。回头看了看自己的部下，都按照平时排练的阵法，紧紧地跟在自己的身后。岳飞忙把坐骑一夹，飞似的往前奔去。

转眼间，岳飞等人来到了金军的跟前。见最前面的两员大将，正威风凛凛地坐在马上。岳飞一催马，大喝一声，举枪就刺。左边的大将是金国赫赫有名的勇士乌里哈，骑着一匹高头大马，手中提着一口大刀。突然听岳飞大喊一声，把他吓了一跳。等反应过来的时候，岳飞的枪已经到了眼前，他本打算用蛮力把岳飞的枪打飞，没想到岳飞的枪法出神入化，实中有虚，虚中有实，来势迅猛，收放自如。一看对方打算用蛮力，岳飞右手虚晃一枪，把手中的枪抽回了一半。

乌里哈一刀搪空，由于用力过猛，险些从马上摔下来。就在他琢磨准备进攻的计策时，岳飞一个"回头望月"，一刀劈在了乌里哈的左肩上。疼得乌里哈龇牙咧嘴，哇哇大叫。岳飞一转头，就见另一个大将手舞铜锤朝自己砸来。岳飞忙把前半截长枪瞄准乌里哈的后心刺去，顺势往回一拽，乌里哈的尸体就被抛在了地上。铜锤大将一看同伴被打死了，立刻冲上来抢锤便砸,正好牛皋赶来,一个锏飞过去,打在了铜锤大将的手腕上,铜锤应声落马。紧接着,牛皋又是一锏,正中铜锤大将的心口,铜锤大将声都没吭就死了,尸体摔到了马下!

金军的两员大将还没来得及问对手的名字,就被岳飞和牛皋给解决了。金军的士兵一看,主帅都已经阵亡了,顿时慌了阵脚。就听见四周都是喊杀声,雪越下越大,金军已经分不清谁是敌军,谁是风雪了,大有草木皆兵的趋势。

岳飞看出敌人已经军心大乱,一声暗号把部下分开,再组织兵力重新冲锋。弄得金军连敌友都分不出来了。另一名金军副将一听前面的军队遇到了强敌,知道是中了宋军的埋伏。这时董先等人已经从两侧抄到了敌人的中路,将金军连人带马拦腰切断。后面的金军看不清前方的战况,一听前面的喊杀声,忙掉转马头往回跑。可是由于他们的马蹄上没有马套,马的奔跑速度很慢,被追上来的宋军杀死无数。

这一仗从上午一直持续到夜里,第二天,整个河面上金兵尸横遍野,洁白的冰河被血染成了鲜红色。因为岳飞没有接到宗泽的过河追杀令,又担心部下太过疲劳,因此没有下令继续追。等雪停了一统计,共杀死金兵数千名,缴获战马九百多匹。

宗泽见岳飞等人去了很久都没回来,心里十分着急,担心被金兵偷袭。于是一面派人打听岳飞等人的消息,一面加紧防守。不一会儿,岳飞和探子一起回来了,宗泽一问才知道,原来岳飞等人用了五百兵力打退了敌人近万的兵力,大胜而归！宗泽乐得合不拢嘴，忙吩咐厨房准备好酒好菜，犒劳岳飞和众将士。这一战，让岳飞一夜成名，成了金军中闻风丧胆的英雄，皇上也封岳飞为秉义郎。

中国有句古话叫作树大招风。岳飞等人年轻气盛、疾恶如仇。虽然岳飞能沉稳些，但是牛皋的那张嘴，总是惹来各种各样的麻烦。如果是志同道合的兄弟还好些，和那些奸佞的小人说话时总是发生口角，很容易就把人给得罪了。

究竟岳飞从军的路上会有怎样的坎坷？危难时，岳母又有怎样的英雄壮举？请看下一回：刺精忠岳母训子。

第六回

 刺精忠岳母训子

　　王贵提议出去转转,张显、汤怀也积极响应。牛皋刚从外面方便回来,一听要出去,乐得一蹦两个高。岳飞因为有些累,就留在了帐篷里。王贵、牛皋、张显等人兴高采烈地去了镇上。

　　众人走后,岳飞倒在营帐中睡着了。一觉醒来,天色已经不早了。可牛皋等人还是没有回来,岳飞担心他们遇到金兵,于是带领了一小队人马,去镇上寻找牛皋等人。这个镇子不大,虽然是元旦佳节,可是家家大门紧锁,没有一点过节的气氛,一片凄凉的景象。

　　正想着,忽然听到前面的巷子里传来吵架声,仔细一听,好像有牛皋的声音。岳飞立刻顺着声音走了过去,刚到巷口就看到东边的一户人家门口,拴着十几匹战马,心里预感到大事不妙。快到门口的时候,忽然从里面跑出来一个身穿军服的宋军。牛皋跟着追了出来,一把抓住宋军的后脖领。岳飞刚要喊"住手",就见牛皋已经一棒打在了宋军的头上。宋军应声倒地,一命呜呼了。牛皋一抬头,看见岳飞来了,高兴地说:"大哥,我们为民除害了!看,咱们军中的败类,我替宗老爹把他给收拾了,省得以后老百姓骂咱们部队都是流氓地痞。"

岳飞知道闯了大祸,忙走进院子里查看情况。王贵、张显也正从里向外走,看到岳飞来了,都争先恐后地向他说经过。岳飞一看,这是一个大户人家,除了几间上房和东厢房还完好无损外,其他的都很破旧。院子中间倒着十几个死尸,屋里地上还躺着一个人,胳臂已经被打断了,眼看就要断气了。这个人不是别人,正是宗泽手下的统领黄哲。黄哲是朝中大臣汪伯颜的小舅子,仗着有人撑腰,所以不把任何人放在眼里。黄哲一向贪酒好色,因为宗泽的军纪严明,任何人不允许带妇女回军营。所以他每到一处,都会先让手下的亲信去老百姓家中找美女,然后弄间房子,在外面金屋藏娇,不少良家妇女都被他糟蹋了。对于这一点,宗泽的副将刘浩早有耳闻,但是碍于宗泽铁面无私,执法严明,一直没敢和他说。

牛皋等人来到镇里游玩,经过这户人家的时候,发现门外有很多战马,又听到里面有欢声笑语和妇女的哭喊声。几个人觉得很奇怪,偷偷地溜进去查看情况。那时,天已经有点黑了,院里的正房和东厢房已经点好了纱灯,十几个宋军聚在厢房里;正房里,黄哲正在调戏一个女子,女子拼死抵抗。黄哲恼羞成怒,扒光了女子的衣服,用皮鞭抽打。可怜这个女子,浑身伤痕累累,奄奄一息,黄哲抱起女子走到床边,想要行苟合之事。正巧被牛皋看见了,气得大骂:"不要脸的东西,竟敢强抢民女!"说着,冲进了屋,一脚踢翻了桌子。黄哲刚把裤子脱到一半,一看牛皋进来了,一手提着裤子,一手拿起地上的刀,朝着牛皋砍来。王贵进来抄起地上的桌子腿一挡,刀砍在了桌子腿上。张显顺势把剩下的桌腿拽下,和王贵两人一人拿一个,朝着黄哲的胳臂打去。两人分站在两侧,使劲地打。不一会儿,黄哲的胳臂就被打折了,倒在地上痛得晕了过去。

两名随从都知道牛皋、王贵的厉害,连忙跑出去报信。黄哲手下几名军官也从厢房赶了过来。见牛皋等人没有兵器,众军官想以多胜少。哪承想,一上来就被打倒了好几个,众人一看形势不妙,就想往外逃。

汤怀忙说:"这几个家伙一个都不能放掉!"一句话提醒了牛皋和王贵,忙和张显一起冲向前面,将众人迎头截住。结果,黄哲的手下全都被打死,只有黄哲还剩了一口气。

岳飞听了整个经过后,叹了口气,说道:"你们干的好事!"忽然看见外面闪过一条黑影,岳飞忙改口说:"黄哲欺人太甚,幸好今天我亲手杀了他,才算是好好出了这口恶气。"说完,拿起手中的刀,将黄哲的人头砍下。牛皋等人被岳飞的举动弄愣了,正要问缘由,汤怀突然明白过来,转身向外追去。岳飞看他要追过院子了,连忙把他喊了回来,并对众人说:"今天咱们惹了大祸,一会儿就该有人来抓咱们回营问罪了。我是你们的大哥,罪过最大,而且黄哲的头是我砍下来的,与你们没有关系。反正是在劫难逃,我就自己承担了,否则大家也只能同归于尽。"

汤怀想了想,说:"大哥,我明白了。作为军人,军规是最重要的。今天我们犯了军法,反倒连累了大哥,有罪我们认!"牛皋一听就急了:"大哥,一人做事一人当,我牛皋认了,和你们没关系。如果杀这种无耻的败类也要受到惩罚,那我们不如去太行山上举旗造反吧!"众人纷纷把责任往自己的身上揽。

岳飞先把黄哲的头收好,然后严肃地向众人说:"你们是我的部下,以前咱们也说过,没事的时候,大家是亲兄弟。如果有事了,你们必须听我的!谁敢不服从,军法处置!如果谁不听我的,那以后就别认我这个大哥!你们现在马上回营,不许轻举妄动,我自有办法!"众人都知道岳飞说出的话,是没人能改的。牛皋、王贵、张显等人虽然十分难过,但听岳飞说到个人死活事小,国家存亡关系重大,现在能与金兵相抗的,只有宗大人这一支队伍,如果我们不守军规,叫他怎么打仗?这件事如果你们承担,我也一样逃不了干系。所以我一人承担,你们还可以为国尽忠等话。众人知道犟不过他,只能勉强答应,心中却在另打主意。

岳飞让众人分成两队,若无其事地回到营房,此后五天之内,没有岳飞的命令,谁也不许离开营房半步。说完,岳飞自己骑了黄哲的马,朝着营房方向飞奔而去。一进军营,岳飞立刻提着黄哲的人头去见宗泽和刘浩。刚开始,刘浩对岳飞说的话深信不疑。哪承想刚才跑掉的那个人影正是黄哲的心腹,听说宗泽要查房,连忙跑出去给黄哲送信,到了之后发现满地死尸,刚好听到岳飞在里面大嚷,说黄哲已经被杀死,跟着汤怀追出来,吓得他掉头就跑。因为雪深路滑,还没赶到,就被岳飞先告了一状。

刘浩知道黄哲死了不算什么,关键是没有办法向汪伯颜交代。为了不让宗泽受牵连，只好忍痛割爱下令处死岳飞。岳飞虽然在军中的时间不长，但因为冰雪战，受到全军战士的尊敬与爱戴，众人纷纷请愿，希望可以免岳飞一死。然而全军上下都在为岳飞鸣不平时，牛皋、王贵等人却突然消失了，一个人都找不到。岳飞担心他们出来认罪，偷偷地向其他军吏打听，才知道他们在元旦夜里被调到外地去了，别的就没有消息了。

到了行刑的日子，刘浩刚把手一拱，还没开口，就见手下张保、王横上堂回话，说各营将士都觉得岳飞是难得的将领，现在国家正是用人的时候，应该让他戴罪立功。况且黄哲屡次触犯军纪，原本应该处死。刘浩一听，回头看了看宗泽。宗泽想了想说："黄哲先犯军规，强抢民女，如果是我看到了，我也会把他就地正法，这是他自找的。岳飞也知道他在朝中有人怕连累我，所以才替我杀了黄哲，情有可原！现在既然众将士都来为岳飞请愿，如果我们坚持杀岳飞的话，必然会动摇军心啊！"

宗泽随即下令："金兵将进攻汜水，皇上派我军前去迎敌。王贵等人已经先去了，本帅命令岳飞带领五百精骑前去支援。本帅带领大军，随后就到！"岳飞听了心中十分感激，领命就走。到了汜水家见到王贵等人，才知道这一切都是宗泽安排的，去汜水迎敌只是一个借口而已。

后来，岳飞到了南京，看到宋高宗无心朝政，一心要和金人求和；又听了张邦昌等人的怂恿，打算逃到江浙一带去避敌。岳飞心中十分愤慨，向宋高宗上了数千字的奏折，大意是说：现在皇上已经高坐金銮殿了，百姓有田种，江山也由您来主宰，大好的前景就在眼前。而金人的兵力衰弱，并不是我们的对手。现在黄潜善、汪伯颜等人只想卖国求荣，还请皇上主持公道。如果您能到三军阵前慰问一下战士们，一定会鼓舞他们的士气，奋勇杀敌。那么我们收复失地，振兴中原就指日可待了！

宋高宗倒没觉得什么，可把汪伯颜气坏了，新仇旧恨一起算，参了岳飞一本说他越职行事，建议皇上把岳飞和王贵等人贬回家。皇帝听信谗言，真的将岳飞等人贬回了家。岳飞见皇帝昏庸，奸臣把持朝政，自己空有一身武艺和学问，却只能被贬回家，心中愤懑不平。回到家岳飞见到母亲，将从军的经历从头到尾讲了一遍，最后说出了想要陪母亲一起去江汉度过余生的想法。

刚说完，就听有人来敲门。岳飞打开门，走进一个人，来到了中堂，放下背包就问："我是来找岳飞的，请问岳飞在吗？"岳飞回答说："我就是岳飞，不知道你有什么事情？"话音未落，来人立刻跪在地上说："小弟久闻岳飞大哥是英雄，特意从千里之外的湖南赶来，希望可以和你结拜，向你学习武艺。"说着，取出二百两白银送给岳飞，说是见面礼。岳飞不肯收，来人说什么也要送给岳飞，岳飞只好把银子送到了姚氏的房间。紧接着，来人又从包袱里取出了几十粒大珠子，装在盘里；将一件猩红的战袍，一条羊脂玉玲珑带等分别装在盘子里。最后从怀里掏出一封信，供在中央。岳飞不解地看着来人，来人回过头对岳飞说："岳大哥接旨！"岳飞一愣，不明白来人的用意。来人不得不把事情的前因后果，一一向岳飞说来。

原来，来人是湖广洞庭湖通圣大王杨幺的下属，名叫王佐。因为不满朝廷的昏庸腐败，皇上任用奸相治国，劳民伤财。杨幺希望能够重振中原，给百姓安居乐业的生活。杨幺听说岳飞是文武全才，因此特意命心腹王佐来请岳飞一起去洞庭湖打江山，共享荣华富贵。

岳飞听完王佐的叙述后，沉默了半天才开口说："我岳飞也没有什么过人的本事，能得到你家主子的欣赏，我觉得十分荣幸。不过我岳飞也是铁骨铮铮的汉子，我生是宋朝的人，死是宋朝的鬼！女人都知道一女不能嫁二夫，更何况我是堂堂七尺高的汉子。请你回去转告你的主子，今生今世不用再来找我了。如果以后我们能在战场上有交锋的时候，我再与你相见吧！这包钱和东西，请你带走！"王佐无可奈何，只好把礼物收了，聊了一会儿就告辞了。

岳飞送走了王佐，转身回来后，去见姚氏。姚氏问道："刚才那孩子不是说要在咱们家住下么，怎么又走了啊？你也是，怎么连顿饭也没让人家吃啊？"岳飞说："我原以为他是来学习武艺的，后来才知道他是杨幺派来的说客。"岳飞把事情的来龙去脉告诉了姚氏。姚氏听后没说话，想了想，对岳飞说："儿啊，你去把香案端来，再摆上香和烛，一会儿我过来。"岳飞一一准备好后，姚氏和李春一起从里屋走了出来。

姚氏在神圣的家庙前点上了香烛，拜了天地和祖先后，让岳飞跪在地上，李春磨墨。岳飞就边跪下边说："娘，您有什么吩咐?"姚氏说:"你能不被金钱打动,甘受贫穷,也不叛国投敌,娘很高兴。但是刚才,你说自己要回来干农活,养活我。我问你,金兵现在如此凶恶,如果大宋失去了中原,江汉还能保得住吗?我们一家老小无论走到哪,不一样都要成为金兵的阶下囚吗?如果你要逃往江汉,那你自己去,我这把老骨头就是死也要死在这!而且,别说我不跟你走,就是你媳妇李春也不能跟你走,枉费了亲家公对你的栽培!"

岳飞从没见过母亲生这么大的气,立刻跪了下来,说:"娘,我错了!那只是一时的气话,其实我并没想过真的要逃走啊,您别生气,我以后再也不说这种话了!"

岳飞的大儿子岳云一见父亲跪下了,也跟着跪下了。姚氏忙抱起孙子,又让岳飞站起来说话。姚氏严肃地对岳飞说:"言是心声,正因为你有了这样的想法才会说出来。周老师也对你说过吧,自古英雄豪杰哪一个不是经过艰难险阻、苦难磨炼才成功的?而你呢,今年才二十五岁,受点打击就意志消沉,你这个样子能对得起那些与你出生入死的兄弟吗?能对得起辛苦栽培你、教育你的周老师吗?如果有一天我真的死了,有什么脸去见你爹、你岳父?"

岳飞忙赔笑说:"娘,儿子跟您开玩笑呢,过几天我就回宗大人那儿了。如果您愿意去,咱们把家就迁到开封去,这样我也可以多尽尽孝道。"姚氏笑着说:"我在这挺好的。我知道,如果我不走,你就能时刻记得多杀一个金兵,我就多了一分安全保障,你肯定也会拼死杀敌。如果我和你一起去的话,上有老、下有小,你出去打仗肯定不能集中精力,总是会惦记家里的事情。想想看，那些流离失所的百姓，他们多可怜，谁没有父母？谁没有妻子？你怎么能只顾小家不顾大家呢？我不怕金兵，况且你媳妇现在的武艺也足够保护我了，你还有什么可担心的呢？"

岳飞深知母亲的脾气是说一不二的，只好乖乖地听着母亲训话。姚氏说："今天在列祖列宗面前，我要你发誓，今后无论受到什么样的委屈，都不能轻易放弃！为了能让你记住今天的教训，我决定在你的背上刻几个字，第一，提醒你不要被金钱美色所诱惑；第二，教育你今后决不能半途而废，功败垂成！"

岳飞知道母亲向来管教比较严格，从小到大连句责骂的话都没有，忽然要给身上刻字，在背上扎成百上千的小针，她老人家一定也不舍得！想了想，岳飞说："娘，我绝不敢违背您的教训。别说您要在儿身上刺字，就是让儿子把命给您都行！"说着就把衣服脱了半边。姚氏取出笔，先在岳飞脊背正中写了"精忠报国"四个大字，然后将绣花针拿在手中，在岳飞背上一碰，只见岳飞的肉一抖。姚氏不忍心再刻，"儿啊，疼不疼啊？"岳飞说："娘，你连刺都没刺，怎么问疼不疼啊？"姚氏流着泪说道："今天娘在你身上刺字，每一针流出的血，都要拿敌人的血来做偿还。你要是不愿意，我绝不勉强。"岳飞忙说："您刺吧！"岳母眼含热泪，用颤颤巍巍的双手，一针一针地刺了起来。岳飞疼得额头上直冒汗，可是一声都没吭！大约过了两个小时，姚氏才把"精忠报国"四个字刺完，然后又找来一些墨水，涂在上面。留下了一段流传史册的佳话：岳母刺字。

岳母刺字图

这些年因为行军打仗屡立战功,岳飞也得到了很多奖赏,特意从南京买回了很多土特产。李春准备好酒菜,一家团聚,大儿子岳云、二儿子岳雷、三儿子岳霖,小女儿岳霭,一个个都扑向岳飞的怀里,谁也不肯离开。刚会走路的岳霭,更是可爱,一笑两个可爱的小酒窝,伸出粉粉的小拳头,像模像样地坐在父亲怀里打拳,逗得大家笑个不停。

第二天开始,岳飞感觉出母亲总是心事重重,刚开始以为是母亲和以前一样,不舍得自己走。有几次忍不住想要问个明白,却都被李春暗暗地拦住了。李春说:"娘是看你意志不坚定,所以才有些发愁。这两天都没怎么睡好觉,你要是去问娘,只会让娘更生气,放心吧,过两天就好了。"

到了第四天清早,岳飞和李春去给姚氏请安。姚氏笑着对二人说:"儿啊,娘今天为你摆酒送行,再过几天你就该走了。"随后对李春说:"你都准备好了吧?"

李春笑着说:"东西都准备好了。"说完,端来洗脸水给岳母洗脸,然后就忙着去做饭了。姚氏说:"鹏举,今天你带着岳云、岳雷、岳霖一起去周老师的墓上练武,给他们从小就立个榜样!"

晚上回来,岳母又查看了一下伤口,看到岳飞背后的刺字已经完全结痂,才放心地让他回军营。岳母刺字激发了岳飞的爱国心,在第二次从军的道路上忍辱负重,最终成了一代名将!

究竟在岳飞的第二次从军路上会有怎样的艰辛与坎坷?请看下一回:宗泽含恨赴黄泉。

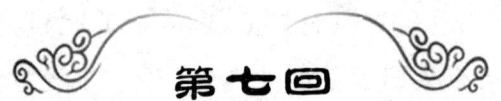

第七回

宗泽含恨赴黄泉

　　牛皋、王贵等人听说岳飞要重返军营,也想跟着一起去。岳母让岳飞带着岳云一起去部队锻炼锻炼。岳飞没有反对,几个人一起踏上了从军报国之路。他们原本几个人打算回去找宗泽,可是又一想,河北都统张所,人也很好,上次在宗泽的营里也见过面。既然是从军杀敌,河南又是岳飞、王贵等人的故乡,作战环境比较熟悉。此外河北这边离金兵的距离也比较近,兄弟几个决定去找张所试一试。张所早就听说过岳飞等人英勇神武,看到他们来投靠自己,心中高兴不已。当即任命岳飞为中军统领。岳飞将自己被贬的事情一一告诉了张所,张所听了哈哈大笑道:"果然是忠君爱国的人啊!放心吧,皇上让我带兵打仗,所有的人事安排都以战争需要为前提。即使是得罪朝中的权臣,他们也不敢怎么样的!"随后命王贵等人官复原职,都由岳飞统一带领。

　　到了八月底,张所听说金兵又在挑衅,企图仗着兵力多来入侵大宋。于是,张所派大将王彦和岳飞一起去迎敌,驻军石门山下。岳飞和吕青商议后,决定带领五百名骑兵,连同新入伍的一千来人,抢先出击。不等金兵安营扎寨,就带牛皋、张显等人杀入敌阵,夺了敌人的将旗,连杀了几名金军的将领。后续部队纷纷赶上,奋勇杀敌,活捉了金兵千户统领阿里丰茧。第二次交锋的时候,汤怀等人又大败金营勇将万户统领王索。

第二天进攻侯兆川。没交锋以前,岳飞对众人说:"前面是敌人兵力最集中的地方,我们已经连着打了两场胜仗,他们一定有所防备了。现在来看,敌众我寡,咱们只有奋勇杀敌才能有活路,否则就是死路一条!我下令,任何人只准前进不许后退,违反军令者,军法处置!"随后把人马分成三队,其中牛皋和汤怀带人分别从左右两路抄敌人后路,自己和张显、岳云三人从小路突袭,直奔敌人的老窝。

金军有几万的兵力,知道宋军的兵力不够,只有很少的一部分,于是主帅黑风大王下令,任何人不许后退,否则杀无赦!黑风大王认为,只要我的金兵都冲上前,利用人数上的优势,拖也要把岳飞的军队拖垮。岳飞带领张显和岳云,突然从天而降,直接冲入金兵的阵营。金兵先是乱成一团,紧接着黑风大王出来指挥战斗。虽然岳飞带过来的将领各个英勇善战,但是面对金兵全军围攻,只能是被动挨打,张显也受了伤。

尽管这样,岳飞的部下都全力奋斗,有进无退。三队人马会合后,将士们信心和威力大增,结果大败敌人。宋军不仅缴获了大量的马匹和兵器,还俘虏了很多金兵。有些随自己主将投降金军的宋军,常常受到金兵的侮辱,心中感到愤恨,越发地想念自己的故土。两军交手的时候,这些人故意落后，宋军一喊，立刻站出来投降，并把金兵的兵力虚实和金兵将领的个人情况，如实地报给了宋军。岳飞对这些人，晓之以理动之以情，愿意继续保家卫国的，可以留下；愿意回家种田的，可以回家种田。结果，这些士兵异口同声地都要留下杀金兵，为国尽忠！

当天晚上，朝中大将王彦在石门山下安营扎寨，但是他总觉得自己的兵力少，敌人的兵力多，不肯轻易地发动战争。又听说岳飞以少胜多，打败金军，心里很不是滋味。正想着，忽然听到探子来报，说金兵要大举反攻了，这次的规模比上次的还要大。王彦一听，立刻下令部队连夜拔营，后退二十里。岳飞一看，连王彦这样平时以忠义侠士自居的人，都连夜逃跑了，更何况是其他的将领呢。岳飞召集部下，又嘱咐了几句，然后就睡了，好像什么事情都没发生一样。只是金兵也没有来。又过了几天，部队的军粮都吃光了，岳飞吩咐伙房把从金军那俘虏来的战马杀吃了。

这天，岳飞正和牛皋、岳云等人商量杀敌的事情，忽然听说黑风大王又带领大队的金兵来找岳飞报仇了。岳飞一听，忙带人前去迎战。由于前两次吃了败仗，所以黑风大王一心想要打胜仗，挽回自己的面子。他仗着自己有一身蛮力，亲自出马，带了十几个金军准备偷袭宋军的军营。岳飞已经知道金兵将领的脾气和秉性了，又通过投降士兵的指认，不等敌人发令进攻，已经提着手中枪，冲进了敌军。

黑风大王正琢磨着怎么进攻呢，突然看见三个人，一前两后，直奔自己而来。他心中正纳闷呢，摆开双锤在手中一举,刚要说话,岳飞已经连人带马冲过来了,一枪将黑风大王挑下马。岳云和汤怀等人相继赶到,合力奋勇杀敌。

金兵一看主帅都死了,忙四处逃散,军心大乱。岳飞又缴获了众多的粮草和马匹,解决了部队的燃眉之急。

岳飞本打算稍微调整一段时间再去乘胜追击。忽然听说张所因为受奸臣的陷害,已经被流放到岭南。跟着王彦命人传话说朝廷有旨,现在要与金军议和,所以大宋军队的将士不能擅自打仗,不能动一兵一卒。众人听了更加气愤。岳飞和王贵等人一商量,决定带领部下投奔宗泽。宗泽先是听说岳飞被贬官,回家种田了,但是后来派人去找没找到,今天突然听说岳飞带领众将士前来投奔,心里十分高兴。

到了建炎二年二月,金兵大举南下,先是郑州被占领,接着襄阳、均、房、唐、汝、陈、蔡、郑州、颍昌等地被攻陷。金兵把城里的老百姓全都抓回去当俘虏,押往河北。大金国的国王是吴乞买,他的第四个儿子完颜兀术(后改名宗辅)率领数十万金兵,也由郑州进军,已经快到中牟县了。赵构害怕金兵渡河来攻打都城,于是丢弃朝政,自己先逃到扬州避难了。宗泽手下的军师看到金兵的兵力雄厚,眼看就要杀到东京了,心里很着急,虽然城外驻扎着很多自发组织起来保家卫国的民兵,只不过训练的时间不长,还不能轻易地让他们去参战。牛皋看了看,问道:"宗老爹,你还有心思摆棋玩?"宗泽正和汤怀下棋,笑着说:"我已经派大将刘衍、宣赞、巩成前去迎敌,以逸待劳,必胜无疑,所以你就不用担心了!"等棋下完,才派牛皋等人率领数千人,从太行山向敌人的后路穿插,以便断掉他们的后路。

兀术的军队刚到中牟县西的白沙镇，还没来得及安顿，就遭到了刘衍、牛皋等人的突袭。兀术是一个骁勇善战的大将，从小就接受了汉人先进的战争兵法教育，而且手下的将士也都很勇猛。因此，虽然遭到了突袭，但是军心并没有动摇。双方正打得难解难分的时候，曲端、吴玖突然从敌人的后方杀了过来，前后夹攻，大败金军。

另一支金兵攻往旁成县，岳飞带了原有的五百名轻骑将士，和徐庆带来的三百名精锐，率先杀敌，把金兵打得哭爹喊娘。紧接着，黑龙潭、龙女庙等几处战役也都大获全胜。除了缴获大量的武器和装备外，还活捉了几名重要的金军将领。

宗泽听了前线上传来的喜报，心中十分高兴。一面加紧整顿军容、军纪，一面准备去河东、河北一带，劝驻守在当地的杨幺投降。曲端等心腹大将都劝宗泽不要去。

宗泽感慨地说："现在，最重要的就是保存人力，一起对付金兵。如果我们和杨幺交战，虽然一定能取胜，但是双方都会有损失。我们都是大宋的子民，怎能自相残杀啊?！我都七十多岁了，拿我这一条老命去换大宋天下更多人的性命，就是我死，也值得了！我已经把后事安排好了，如果杨幺能够听我的劝，那是最好的，如果他不听我的劝，那就是自取灭亡，我们又有什么可担心的呢?"说完，派人把战书送到杨幺的军营。

杨幺早就听过宗泽的威名，看了战书之后，原本以为有一场硬仗要打,没想到宗泽自己骑着马来了,身后没带一兵一卒。杨幺心里暗暗佩服宗泽的勇气,亲自带着众人前去迎接宗泽。宗泽刚一坐定,便当众发话:"国家现在正是最困难的时候,徽宗还在金兵的手里。敌人的意图很明显,就是要把我大宋的天下改为大金的天下。但凡是有点血性的人,都会和金兵誓不两立。在座的各位都是英雄好汉,又有许多兵力,如今国家危难之时,不正好是我们建功立业的好时机吗?一旦杀敌有功,就可以名垂千古啊!我们都是大宋的人,不管以前徽宗和奸佞大臣做过什么对不起你们的事,现在都暂时先放一放,我们要团结一致杀敌才行,不能做两败俱伤、渔人得利的事情啊!这不和你们聚众起义的初衷背道而驰了吗?"宗泽说得慷慨激昂,说到国破家亡的时候,更是声泪俱下。

杨幺激动地对宗泽说:"宗将军,您说得很对,于公于私我们都没有继续反抗的理由。一句话,我们愿意跟着你去杀金贼!"宗泽的一席话,收编了杨幺七十万的起义军。收编后,宗泽下令称杨幺带过来的人为忠义军。接着开始准备渡过黄河,收复中原的失地。全军将士个个士气高昂,争先恐后地报名参战。报上名的,兴高采烈;没报上名的,闷闷不乐。

一切准备好后,宗泽开始给皇上奏请战书,希望能率领众将士收复失地。然而,宗泽上奏的请战书,如石沉大海一般没有回音。这些奏书都被奸臣黄潜善、汪伯颜等人私下扣留了。后来又担心宗泽手中的兵权太大,破坏他们和吴乞买私下签订的议和计划,于是和赵构商量,派郭中荀为副留守,暗中进行监视宗泽的行动。

宗泽忧国忧民,对奸臣的行为恨得咬牙切齿,积愤成疾,一病不起。岳飞等人都去看他,宗泽慨叹说:"我是看不到国家振兴的那一天了,你们要奋勇杀敌,收回失地!这样我死而无憾啊!否则我死不瞑目!三国的诸葛亮,出师未捷身先死,长使英雄泪满襟。如今我也要步他的后尘了,你们一定要记住:过河!过河!过河啊!"说完含恨而死。从宗泽有病开始,一直到最后,他都是在鼓励将士,布置军务,没有一句话是谈到家事的。

全城的老百姓听说后,都痛哭不已。赵构见宗泽死了,做了个顺水人情,封宗泽为观文殿学士,随后任命杜充接替留守的职务。杜充是个草包,除了有一个臭脾气以外,没有一点谋略,而且他对下属也是极其苛刻,与宗泽的治军方法完全相反。没过多久,士兵们的士气大跌,原来招过来的忠义军和投降的宋军将士,也都纷纷叛逃。杨幺对大宋朝廷失去了信心,带领原班人马重回洞庭湖,建了水寨和宫殿,自立为王。这是后话。

宗泽死后,岳飞非常伤心。再一看,杜充也不是一个打仗的料,每天就是琢磨怎样升官发财。杜充唯一的本事就是嫉贤妒能,全天下的小人排名,他可以排到第二位,那谁排第一位呢,就是我们后文要出现的秦桧,他才是小人榜的状元!为了防止岳飞功劳超过自己,杜充把岳飞派去守皇陵。岳飞去了没几天,就遇到金人来盗墓。岳飞带着五百名将士,英勇杀敌,杀了好几千金兵,缴获的粮草、马匹和枪械不计其数。

杜充这才相信岳飞的战功,都是真刀真枪拼出来的。又一想自己上任不久,忠义军和投降的宋军都走了,如果金兵真的大举进攻,而朝廷的议和又没有消息的话,我找谁来打仗?到时候,不用说战功立不到,还可能失去现在的守地,皇上追究起来的话,我也没有办法交代,看来我还不能得罪岳飞。于是向皇上申请封岳飞为武功郎,王贵、牛皋等人也有不同的奖赏。皇帝又赐良田百亩奖励杜充带兵有方。

从此,杜充总是以留守自居,摆出十足的留守派头,每天都是歌舞升平,根本就不管士兵的演练。宗泽原本有一些老将,都被杜充调到了外地。汴京原本是军事重地,但是现在留守的部队一共只有两三万人,还有许多是老弱病残,是根本没有办法打仗的。而杜充却向朝廷报称拥兵十万,这样剩余的军饷都被他私吞了。岳飞看在眼里,急在心上,劝了几次都没有用。只好一面率领部下八百多人每天操练;一面轮流派出兵将,将方圆数百里内的地理形势查探明白,找人画成详图,连一座小土堆、一株小树都不放过。自己再亲自核对,然后召集部下将地图仔细查对,重画详图。只要有空闲的时间,岳飞就会照地图和部下商量杀敌的计策。

第二年六月底,金兀术大举向南侵犯,接连攻破兹、单、密州等,声势比以前更强大。杜充听说金兀术带领数十万金兵就要杀来,吓得抱头鼠窜,不知所措。不管岳飞怎么劝,他都坚持要逃。后来为了逼迫岳飞跟着自己一起走,杜充竟然以军令为由,威胁岳飞和他一起去建康。岳飞只好服从军令,和他一起去了建康。

到了十月,赵构又从临安逃往越州(绍兴)。杜充听了岳飞的劝说,一路招兵买马,居然也有了十几万的部下。江浙一带的居民,因为杜充手下有岳飞等名将,都想靠他保卫长江,不让金兵南渡。然而,杜充只会通过杀军民来扬威,根本就不想抗击金兵的事。

这天,金兀术与叛贼李成合攻乌江。杜充听到报告后,吓得躲在房间里不敢出来。众人屡次去请他出兵抗战,他都不理睬。岳飞又急又怒,直接冲进了他的卧室,再三劝他说:"现在大敌当前,而您却躲在房间里。万一金兵打过来,您还有命吗?金陵失守了,皇上会不杀您吗?您怎么还能这么稳稳当当地坐在房里呢?"

杜充早就准备好投敌了,因为岳飞的兵力最强,他不敢得罪,所以只是表面上敷衍岳飞,却死活不出来。等金兵从马家渡渡过长江后,才派岳飞出战。杜充的心腹大将王曼,听说杜充有投降的打算,带了手下数万人马,先一步逃跑了。于是,杜充带来的将领纷纷溃散,只有岳飞这一支部队与金兵抗争,非但没有支援,连粮草也被杜充等人带走了。虽然士兵们英勇杀敌,暂时打退了金兵,可是都是饿着肚子打仗。岳飞没有办法,只好把军队连夜迁往钟山,歇了大半夜。

当听说很多宋军将领当了强盗的时候,岳飞痛心疾首地对全军将士说:"我们都是大宋的子民,受大宋的恩惠,因此我们应该忠义报国,建功立业,死而不朽……今天,我们除非战死沙场,否则,绝不能叛逃当强盗,违令者杀无赦!"说完,岳飞脱掉战服,将岳母刺得"精忠报国"四个大字给众将领看。众人看了十分感动不敢再有异心。

由于军中缺粮,全靠抢敌人的粮草度日,即使吃不饱,也从不抢老百姓的一粒粮食。军队走到哪,都受到老百姓的热烈欢迎。百姓自发地给岳家军送粮送衣。

又过了半年,岳飞带领手下在广德大败金兵,气得金兀术留下十万兵马和岳飞对阵,自己领着大军去攻打临安。兀术的先头部队到达平江,知府汤东野弃城逃跑,城内外居民奋起抗敌。兀术军队攻破平江城,杀人放火,奸淫掳抢,城内外被烧杀的百姓多达五十万人。兀术随后向镇江进发。宋军大将韩世忠早将先头部队驻扎在青浦镇(青浦县北,青龙江边),中间的主力部队驻扎在江湾(吴淞江口),最后在海口设军堵截,只等兀术退兵埋伏猛击。

那么韩世忠能顺利打退金兀术吗?请看下一回:兀术被困黄天荡。

兀术被困黄天荡

宋军大将韩世忠命令先头部队在青浦镇安营扎寨,中间的主力军在江湾伏击,另外派了精兵强将在海口附近伏击。只要金兀术兵败撤退,就一定会遭到猛击。

正想着,忽然探子来报,金兀术从秀州改走水路回金国。韩世忠立刻带领部队,连夜赶往镇江,先将八千名水师驻扎在焦山脚下。韩世忠率领的军队,都是乘着海鳅舰来的,船杆上旗帜鲜明的绣着"韩"字。整个镇江水面上,船只一字排开,另外还有数百条"浪里钻"小船,也都在大船周围分散地排列着。远远望去,水面上的韩家军浩浩荡荡,十分有气魄。

韩世忠的主帅大舰上,竖着一面硕大的纛旗,阵阵雷击金鼓的声音,在整个江面上回荡,看上去十分威武。韩世忠又让手下将大大小小的舰船,分散排布在北岸沿江一带,借着芦苇江岸的掩蔽,埋伏下重兵。外人根本看不出其中隐藏的秘密。到了夜晚,江上灯火通明,绵延十几里。一些小船、快艇再点上许多灯火,在江上往来穿梭。隔江遥望,就像是一条长长的火线,将天和海隔断。另外还有许多条火蛇,漂浮在江面上,若隐若现。与其说这是焦山水师大营,不如说是江面上涌起的一座火山。在皓月星空下,形成了一道美丽的奇观。

其实,虽然金兀术让大宋的朝廷很头疼,但是,大宋的民间反抗团体也着实让金兀术吃了不少苦。特别是各地宋民的反抗,像是一出戏,你方唱罢我登场,金兵一点也镇压不住。这次,金兀术带兵入侵中原,主要是觉得大宋的将领是一群窝囊废,一听说金兵要来,一个个都吓得抱头鼠窜。整个朝廷中除了各地的起义军和岳飞的军队还能顽强的抵抗外,其余的人马是绝对不敢和金兵交锋的。因此,金兀术只带了六七万的人马,打算亲自护送抢来的赃物,坐船回国。

北方人大多数是不习惯水战的,乘坐的又多是从浙西抢来的民船和渔船,基本没有战船。这天船队来到了镇江海域,远远地就看到硕大的"韩"字旗,整个军队的实力,是金兵前所未见的,金兀术心里不免有一些打怵。金兀术忙找来军师哈密蚩商量对策,打算先对韩世忠进行劝降教育,然后再以富贵荣华或美色等来诱惑韩世忠,劝他投降大金国,可以保住他的王侯地位。

韩世忠听了使者的劝降后,哈哈大笑说:"我原以为金兀术是个不错的将领呢,原来也就是用下三烂招数的卑鄙小人啊。回去告诉金兀术,狭路相逢勇者胜!在我韩世忠的人生中只有宋,没有金;只有忠,没有财。我韩世忠在这,你们休想过江半步!回去告诉你家主子,少说废话,马上出来应战!"

使者走后,韩世忠立刻召集手下的大将们开会,商量应战的事情。韩世忠说："这次金兀术是一时大意，他担心从我国抢去的金银珠宝、美女奴隶太多，交给别人不放心，只能带在自己身边；又一想咱们是败军的将领，是不敢阻击金军的。所以他才亲自从水路押回。他率领的这七万大军，都是土生土长的北方人，对水战是一窍不通。先不说现在各路的金兵都在撤退，彼此之间没有联系，没办法支援。就是他们之间能彼此联系上，但是他们没有船，也是支援不上的。远水解不了近渴。如果咱们能齐心协力活捉金兀术，那我们不但能保住江淮，也可以拿金兀术做筹码，和金国的国王换取中原的失地。这样我们就能迎回二位皇帝了。刚才，听使者说话底气不足，肯定是他们胆怯了！以前，金兀术的军队会向别人投降吗？只要咱们齐心协力，胜利一定是我们的！"

　　韩世忠的妻子梁红玉，是位有勇有谋的巾帼英雄，熟读兵法，能够因时因地来排兵布阵。听了韩世忠的一番话后，梁红玉说："元帅您不要小看这些敌人！金兀术这次撤兵，主要是因为出兵远征，犯了兵法上打近不打远的忌讳。而且他们在南方水土不服，再看我们的群情涌动，老百姓抗金的势头一浪高过一浪，金兵也是斩不断杀不绝的。现在金兵很少，一旦分散开，到处是起义军的反抗，都是他们的死对头，他们的手下也都是能聚不能散。而且远途出征，将士们一定也很思念他们家中的亲人。原本是想，抢一单买卖，然后满载而归算了。但是现在来看，他们的这个想法实施起来还是很困难的。北方人不习惯水战，看了咱们的军队这么整齐、威武，肯定也是非常害怕的。不过，金兀术打起仗来也是鬼点子很多的,如果猜到我军的实力不如他们,那他们一定会来打探咱们兵力的虚实。北岸的灯火虽然让他会有疑虑,时间长了他肯定能看出其中的破绽。所以我说,兀术看到这里不能渡江,肯定会把船顺着南岸逆流而上出逃。所以还得请元帅下个令,吩咐北岸的水师,今天灯火全撤掉,然后悄悄地把船都开到黄天荡附近,悄悄地埋伏,时机一到,立刻前后夹击,最好是能把他们困到黄天荡里,这样的话里外夹击,金兀术的军队就是插上翅膀也飞不了!此外,我们还是兵力有限,打持久战对咱们也没什么好处的,我们只能摆摆样子吓唬吓唬他们,如果他们知道了咱们的真实兵力再交战的话,谁输谁赢就不一定了。”

韩世忠想了想,觉得梁红玉说得很对,连忙叫来部下董旻、大儿子韩彦直和二儿子韩彦古一起驾着小船赶往北岸传令。北岸的水军将领解元、呼延通等接到命令后,迅速将沿江灯火和伏兵撤去。到了后半夜,将大小战船悄悄地开到黄天荡旁港汊中,隐蔽待命。

二更的梆子声刚过,梁红玉对韩世忠说:“太阳落山之前,听说金贼还有援兵要来,先前金兀术来的时候也透露了这个意思,我猜他最近一定会有行动。难得今天月明风清,我们何不到山顶的高处去看一下呢?”韩世忠笑着答应了。站在旁边的女兵忙取来灯笼要点,另一个女兵也拿来了一件大红色的披风。

梁红玉笑着说:“不用了,不过是四五月份而已,拿什么披风啊。”女兵笑着回答说:“山顶的风比这大多了,怕您受风寒。韩将军和大宋的军队可都离不开您啊!"韩世忠也在旁边劝道:"还是穿上吧。"梁红玉这才笑着穿上了披风。来到山顶,从高处向远方望去,月朗星稀,水天连成一片,浩浩荡荡的江波被月光一照,闪动着无数波光粼粼的涟漪。秀美的景色,让人浮想联翩。

梁红玉看了看南北两岸的风景,忍不住称赞:"好!"韩世忠转身一看:爱妻戎装佩剑,外披着一件大红的斗篷,站在山顶的月光下。江风吹来时,衣袂飘飘,将整个身形衬托得更加修长。虽然已是人到中年,可依然容光照人,英姿飒爽,真是美到了极致,也情不自禁地说了声:"好!"

梁红玉笑着问道:"你说哪里好啊?"韩世忠深情地说:"你看此时此地,此情此景此人,哪一样不是好到极点呢?"梁红玉正色道:"都什么时候了,你还有心思流连风景,说什么风月好,你以为我喊好,是在观赏'树影中流,钟声两岸'吗?你看南北两岸,仔细看看!"

韩世忠被梁红玉这么一抢白,只觉得脸发烫,赶紧朝江北看。大江奔流不息,烟波浩渺;只有靠近北岸一带的水面上,烟雾蒙蒙,好像开锅一样,漂浮起一片厚厚的浓雾。沿江的灯火全都已经熄灭了,水面上看不到半点船只的影子。韩世忠明白,自己的船只已经开到了黄天荡,对岸的敌人是绝对看不出来的。再往南一看,金兵的战船上灯火连成一片,有疏也有密,歪歪扭扭地横在江上,一条小渔船正从北固山方向朝着金军的中军大船驶去。接着就看见金军的左侧,灯火闪闪烁烁,散乱不堪,像是在移动,又像是在停靠。

女将梁红玉图

　　韩世忠这才发现事情不妙,梁红玉笑着在旁边问道:"这回你看出来了吧?"韩世忠回答说:"我看,金贼有情况。他们要么准备逃跑,要么准备打仗,今明两天就能有结果了。"

　　梁红玉笑着说:"金兀术是一个刚愎自用的人,他轻易不相信人。那只小船是从北固山来的,分明就是去探路的。北固山紧靠着南岸,与金军的阵营只有十里左右的距离,从陆上走也行。而且,北固山和焦山相对,如果金贼登陆北固山,轻而易举地就能看到我军的实力。金兀术以为咱们只会在水上开战,不会去南岸。他是一个有勇有谋的人,怕咱们会看出他的计策,所以是不会带很多人登陆的。如果咱们能选一个精明勇敢的将领,带上百十号敢死队员前往北固山,提前埋伏在龙王庙内外的话,那么金兀术一来,我们就有把握活捉他。到时候,咱们就可以不战而胜了。"

　　韩世忠高兴地说:"夫人,你说得太对了!"马上将部下苏德叫来,命他带两百名敢死队员,分批驾驶"浪里钻"前往北固山,并在龙王庙内外埋伏,只等金兀术自投罗网。那"浪里钻"两头都尖,划起来又轻又快,带去的人全部都是双桨手,小船在江面上犹如离弦的箭一般,嗖嗖地向前飞驰。天不亮,苏德等人就已经赶到了。这边苏德刚刚按照韩世忠的吩咐埋伏好,那边金兀术果真带了四名部将,骑马朝龙王庙奔来。

　　苏德贪功心切,还没等金兀术军队进庙,就已经敲响战鼓,众人急忙往前冲。没想到只抓到了其中的两个人,另外的三人竟被冲到了山下。苏德连忙带人追赶,可惜敌人的马跑得太快,没有赶上。苏德又返回来审问抓到的两个人,其中一个穿着主帅金兀术的衣服,以为抓到了金兀术,又怕金兵得到消息再来劫持,赶紧命人划船赶回军营交差。韩世忠曾经和金兀术也交过多次手,凭直觉他知道抓到的不是金兀术,再一审问,果然是金兀术的手下黄柄权冒充的。而真的金兀术则装扮成中原百姓的样子,刚一登陆,就看出了苏德等人的埋伏,于是提前逃走了。因此,苏德看到的五个人当中,并没有真的金兀术。

苏德懊恼地直捶地,恨自己不该轻举妄动。梁红玉安慰他说:"这也怨不得你,有句话说得好:'不怪猎手太无能,只怪狐狸太狡猾'。现在金兀术的粮草已经不多了,虽然我们今天没有抓到他,但是他已经有所防备,因此他肯定会急于逃回金邦。我们也知道金兀术很狡猾,我猜他肯定会兵分两路。"

韩世忠一听觉得有点糊涂,就问:"金兵原本驻扎的人数就不多,为什么还要兵分两路呢?"

梁红玉笑着说:"金兀术擅长骗人,他怕咱们劫他的粮草和物资,一定会派船舰来与我军抗衡;另一方面,他也一定会安排人抢渡长江,让咱们不能兼顾。他也是看情况不妙,才出此下策的。一旦他的军队打不过咱们的军队,他就会沿江往西逃。虽然这几个俘虏说的不一定是真的,但是我们宁可信其有,不能信其无,我们必须提前准备。将军可以同各位大将四面杀敌,我留在中军大营,只守不攻。如果金兵来,我们用专门的火炮和弩箭一起猛射,并在将军的主舰上支起一面白旗,我在上面击鼓,将军在下面摆上灯旗。将军以白旗为号,鼓声响起就进攻,鼓声停止就防守。如果金兵往南,则白旗指南;如果金兵往北,则白旗指北。将军和两个孩子,连同其他副将,带领八千精兵,分为八队,都以鼓声和号旗为令。这一仗,我们一定要杀得金军片甲不留才行!"韩世忠一听,激动地说:"夫人,你真是诸葛再世啊!"接着,梁红玉又请韩世忠和各个部下立了军令状,如有不听从指挥者一律按照军法处置。

金兀术从北固山逃回后,对哈密蚩说:"我听说北固山离这里只有十里路,为了查看焦山上宋军的虚实,特意带了几个人前去窥探。哪知道宋军竟然设了埋伏,幸亏我跑得快,不然肯定也被抓到了,只是可惜了我的黄将军。现在我军地形不熟,粮草又告急了,情势十分危急,不知道军师有什么高见啊?"哈密蚩说:"照这样下去,我们是凶多吉少啊!我们可以把金银财物都转移到附近的民船上,然后在今天晚上来个突袭,攻其不备。具体的就按照上次咱们商量的,兵分两路,连夜抢渡长江。只有这样才能打开坐以待毙的局面啊!"

金兀术又想了想,觉得哈密蚩说得很有道理,于是命大将粘没诃率领一百多条战船、二百多条民船和三万金兵,攻往宋兵的焦山大本营,自己则在后指挥作战。按照哈密蚩的安排,金军先走水路,从侧面抢渡长江,然后再改走龙潭、仪征的旱路,最后在五更之前集体出兵。这样才能将宋军拦腰分开,各个击破。金兵都急着回家,一个个磨刀弄箭,恨不能五更马上就到。到了五更天,金兀术一声令下,金兵便分头前往焦山宋军大本营。

韩世忠早在半夜里就把战船分开,梁红玉也布置了三层的炮架,后面摆上了强弓和硬弩,外面用芦苇席遮挡起来,悄悄地等着敌军入网。金兀术站在船上,心想,马上就要到达宋军的大营了,怎么宋军一点动静都没有?是不是有什么埋伏呢?刚想到这,就听一声炮响,数十道五彩火花,冲向天空。跟着宋军的箭,如天上的暴雨一般迎面扑来,同时还有大炮落在战船周围,金军将领粘没诃所带的军队被打得七零八落。金兀术一看形势不妙,掉头就往回跑。

梁红玉站在战船上,看得真真切切,先将旗杆上的信号灯升起,方向朝着东边,一边带头擂起了战鼓,各个船上的士兵也一起敲响了战鼓,霎时,鼓声震天。韩世忠率众将领,按照信号灯所指的方向,分头截杀。打到第二天天亮,帅舰上红旗高挂,鼓声一阵比一阵急!

阮良、董旻、苏德、刘宝等人各自带领水军,分别驾着数百条八桨"浪里钻",八桨齐飞,两边分别站着数十名精通水性、背插钢钻腰刀的水军士兵,距离金兵远点的士兵用箭射,距离近的直接跳上敌船,挥刀就砍。还有一些士兵,直接跳下水,用钢钻将金兵的船凿漏,使金兵战船沉入水底。

一阵厮杀过后,只见金兵人倒船翻,附近的江水都被鲜血染成了红色。金兵死伤达五千多人,被淹死的有八千多人,受伤的有一万多人。哈密蛊带的金银财宝被宋军抢去了一大半,还有几名重要的金军将领也都受了重伤。金兀术带领残兵败将往西逃去,韩彦直、韩彦古、解元、陈同、呼延通等埋伏在附近的宋兵,突然杀了出来,与韩世忠带领的军队一起,两下夹攻,竟将金兀术和残兵败将们逼到了黄天荡里。

韩世忠一看金兀术和金兵都进了黄天荡,心中大喜,知道金兵这次是成了瓮中之鳖,逃不掉了。于是让众将领将黄天荡的出口封住,轮流把守,并让弓箭手准备好弩箭和炮石,随时待命,准备大战一场。同时命令所有的士兵,轮流休息,做好一切准备防止金兵突围。一切安排好之后,韩世忠回到了宋兵的大营,准备与梁红玉商量犒赏三军、向皇上请功的事情。

梁红玉看见丈夫打了胜仗回来,苏德活捉了金兀术的女婿龙虎大王霍武,斩了何里闷,并把先前找到的金兵将领的脑袋砍下来,挂在了帅舰的旗杆上。从焦山到黄天荡,宋军的战船排成了一条长蛇阵,彻夜灯火通明,全军将士欢欣鼓舞,异常高兴。韩世忠更是兴奋不已,料定金兀术是煮熟的鸭子肯定飞不了了。梁红玉劝道:"自古以来骄兵必败,哀兵必胜,何况是金兀术那样的强敌啊。将军现在还没有完全胜利,我们不能疏忽啊。我想,金兀术是一个有勇有谋的将领,如果这次他逃掉了,那以后我们会后患无穷的,以他的胸襟和气量,他肯定会回来报复的。我们不能做追悔莫及的事啊!"韩世忠虽然觉得梁红玉说的有道理,但是却不以为然:"夫人啊,你就放心好了,金兀术就是孙悟空,他也逃不出我如来佛祖的手掌心。现在咱们水陆两方面都做了防备,他是逃不掉的。我会告诉咱们的士兵加紧防范的,而且我又从水军调了两千名精锐士兵,一起去黄天荡帮忙围困金兀术。你看这样做还不行吗?"

梁红玉想了想说:"将军想得很周到,但是我觉得您还应该亲自率领众士兵去黄天荡围敌,尽快消灭剩余的金兵,活捉金兀术。这样才是最稳妥的!"韩世忠说:"夫人说得虽然有道理,但是金兀术虽然败了,却还有两万多的精锐部队,困兽犹斗。何况我军人数少,虽然暂时获胜,但也有很大的伤亡。水兵不像是步兵那么容易练成的,我们必须要好好保护啊!再说了,金兵已经基本上断粮了,几名重要的大将也都受了重伤,又没有出路。我们只要守住出路,就是饿也能把他们饿死啊!等到他们饿的眼冒金星的时候,我们就可以轻松地取胜了。不是比我们现在强攻,他们强拼好得多吗?我们还得做长远打算啊!"梁红玉还想再劝,可是韩世忠已经听不进去了,只是告诉梁红玉等着受封领赏。

金兀术躲进黄天荡之后,发现韩世忠没有追来,却派了数千名士兵将港口封死了。顿时觉得事情不好,忙派人去探察路线,这才知道黄天荡虽然湖面宽广,但却是一条死路,另外三面都是悬崖绝壁,只能进不能出。金兀术连忙叫来众王子、元帅、大将、平章等商量计策。其中有人主张将抢来的珠宝和三百匹名马送给韩世忠,以便买条出路,算是向韩世忠求和。金兀术想了想,同意了,并命令金军将领清点全军的剩余人数。此外,金兀术下令,只要不是土生土长的金国人,就算是生长在北方、早就参军却没立过战功的汉人将领和士兵,也要没收所有的兵器,严密看管,以防临阵倒戈,投降宋军。

金兀术派人带着书信和财物出去求和。过了不久,求和的人回来了,禀报说:"韩世忠不仅没有接受求和,还把我大骂了一顿,让我带话给您,他说,他说……"求和的人支支吾吾地不敢往下说。金兀术一拍桌子,着急地说:"有话说,有屁放，看他那张狗嘴里能吐出什么象牙来！"求和的人这才断断续续地说："他说：'金兀术那个狗贼把我当成什么人了？除非把中原失地还给我，将我们两位皇帝平安地送回来，我才会饶他一条狗命！否则免谈！'"金兀术气得脸都紫了，半天没说出话来。

金兀术知道韩世忠决不会接受求和，又一想粮草马上就要没有了。情急之下，金兀术下决心拼死突围。没想到，宋军防备严密，金兵刚到黄天荡口，宋军的火炮弩箭就如雨点一般迎面打来。这一来又伤了好些兵将，金兀术和众将领实在想不出破解的办法，只好下令撤退。

就在金兀术一筹莫展，想不出办法的时候，忽然部下打探出一条消息，原来黄天荡里还有一条老鹳河，原本是与金陵秦淮河相通，只是年久淤塞，才不能用了。金兀术一听，兴奋地说："天不绝我啊！"接着，一面派人去荡口向宋兵苦苦求和，吸引住韩世忠的视线；一面命令全军战士，不分昼夜地挖老鹳河道。金兵逃生心切，仅用了一个晚上的时间，就挖通了三十里长的河道。金兀术立刻带领手下的残军败将逃了出去。

第二天，韩世忠发现黄天荡里没有一点声音，感觉不对劲，忙派人进黄天荡探察虚实，一进去才发现里面已经空无一人。此时，金兀术已经快到新城（江苏句容县北）了。韩世忠听了回报后，又急又怒，后悔莫及！

正是韩世忠的这一疏忽，才有了后来岳飞屡战金兀术，为大宋屡建奇功的故事。请看下一回：岳飞初战金兀术。

第九回

岳飞初战金兀术

经过几年的努力，岳飞的手下已经有了六千多精锐部队，分骑兵营和步兵营，两个营被命名为"游奕军"和"背嵬军"，分别由牛皋、汤怀、岳云、张宪、徐庆等人带领。每个营都是一名主将、两名副将，每天带领全军训练。

一天，道士黄机密忽然拿着周义的信来拜见岳飞。信上说："最近才处理完父亲的恩怨，把它们都做了了断。看到河北的州郡相继失陷，山东、山西、陕西等地也都落入金贼的手中，父亲的遗命虽然没有完成，但是形势已经今非昔比了，不得不以大局为重。前些天去汤阴扫墓，去看望岳母，没想到相州地带都已经被金兵侵占，岳母和李春也逃到其他地方去了，所以没有见到。拜祭后，我去了庐山找黄机密，才知道岳母和李春就躲在附近，住在小茅屋里，便去拜访。留了些银子给岳母和李春用，并按照父亲的遗嘱，把以前从奸细身上搜出来的金牌、信符和一包地图文件，连同自己这些年所画的山川形势的详图，委托黄机密转交给岳飞，请岳飞为国杀敌，建功立业。"

原来，岳飞带领军队到了东京不久，就得到了相州失陷的消息。岳飞先后请霍锐、施全和亲信可靠的将士,前往河北汤阴一带寻找母亲和妻儿的消息,尽管找了多次,但是始终没有消息。岳飞心中十分焦急,因为母亲姚氏平时喜欢吃豆腐,所以每天只吃豆腐就饭,并说:"豆腐豆腐,见了豆腐,如见我母!"有时,摸着身上的"精忠报国",心里感慨颇多。

现在看到信上说找到了母亲和妻儿,不禁悲喜交加,忙告诉张保和王横:"明天一早,带上二十名勇士,水陆并用,从小道绕着走,去庐山接我娘。如果能见到周义,或是知道他的消息,连他一起请来。"张保、王横走了以后,岳飞经常和黄机密谈论军情,双方谈得很高兴,都有相见恨晚的感觉。

当年四月,朝廷下旨,命令岳飞就近收复建康。岳飞原本就有这个打算,接旨后立刻带领全军去建康。四月二十五日,岳飞在清水亭打败金军,杀了很多金兵,放眼望去,死尸大概绵延了十五六里。就在快要攻下建康的时候,忽然听到金兀术兵败黄天荡、已经快被活捉的消息,宋军士气大振,更加奋勇杀敌。后来又听说,金兀术将老鹳河的河道挖通了三十里,逃跑了,现在已经准备和建康的金兵会合了。

岳飞听到消息后,连忙和黄机密商量对策,打算让岳云、张宪带领骑兵营"游奕军",外加一些步兵,共三千人去迎战。张宪和岳云很要好,认岳飞做了义父。虽然这两个孩子年纪不大,但是都很英勇善战。金兀术刚刚在镇江吃了败仗,整个军队斗志全无,而宋军的这两员小将带过去的都是精兵强将,还没等金兀术到建康城下,就被岳云和张宪的军队打得落花流水,金兀术差点被张宪挑死。金兀术这才知道大宋岳家军果然名不虚传，心里越想越害怕，听说岳飞正在全力收复建康，更不敢再战，慌忙逃到龙湾（上元县西北），又改走长江水路逃往淮西。

金兵的另一个主帅达赉在潍州得到消息后，忙派贝勒塔叶带领军队赶来支援。金兀术把黄天荡一仗视为奇耻大辱，见塔叶带了很多新式战船，顿时产生了去镇江找韩世忠报仇的想法。韩世忠正为金兀术逃跑感到懊悔，没想到金兀术自己送上了门，心中暗暗发誓：这次一定要亲手抓到金兀术，以雪黄天荡之耻。

两军在黄天荡对峙，韩世忠沉着应战，连胜了好几阵；金兀术和塔叶伤亡惨重，几乎全军覆没。几次想和韩世忠当面求和，但是韩世忠只有两句话："还我二皇帝，还我中原失地！"金兀术一听无话可说。后来，手下有一个从小生长在汉营中的降兵，向金兀术献计，让金兀术用火攻。最后，竟真的打败了韩世忠。

金兀术虽然是先败后胜，但兵力损伤很大。而且由于是侥幸获胜，所以不敢轻举妄动地向南侵犯，本想在六合休息一下就回金国，没想到又接到了建康金兵的求救信。先前从临安撤回的金兵，听说金兀术被韩世忠和岳飞的军队打败，也纷纷赶来支援。金兀术的兵力，一夜之间扩充了几倍。因此，金兀术率领全军以建康为主要根据地，这样既可以进攻东南的襄汉，又可以控制位于西北的江北诸州郡。众金兵抱着誓死的决心，守卫好不容易抢到的地盘。

岳飞听到消息后，立刻带领部下赶往建康。当时，岳飞因为屡立战功,已经被朝廷任命为江淮都统制、昌州防御使,手下有三万人马。岳飞将金兀术的兵力和战术做了详细的研究,最后决定由牛皋、王贵带上一部分精锐部队前往六合,阻截金兵。

黄机密说:"我军人数少,朝廷下令来支援的部队,都是在观望,却没有一个来支援的。我们已经是孤军作战了,如果再把牛皋、王贵派出去,那就等于是孤上加孤了。况且'游奕'、'背嵬'是咱们军队的顶梁柱,不能轻易地让他们参与作战。现在金兀术到处招兵买马,人数差不多已经有二三十万了,已经不是从前在镇江大败的金兀术了。虽然上次吃了败仗,趁机逃走了,但他这次卷土重来,肯定是对我军的综合实力做了充分了解和准备之后才来的。俗话说得好,知己知彼,百战百胜。因此我认为,我军分兵出击,弊大于利。如果能打赢,自然是皆大欢喜的;如果打了败仗,很容易削减我军的士气。我看,不如把我军的所有兵力集中到一起,养精蓄锐,以逸待劳。表面上看,咱们是受到了金贼的内外夹击,实际上是敌散我聚,敌虚我实。只要合理地排兵布阵,那么,金兀术绝对不是我们的对手。不知道您觉得怎么样?"

岳飞高兴地说:"您说得太对了。以前我的兵力不多,我也就习惯了以少打多的方式,碰巧又打了几次胜仗,所以一到打仗的时候,我的第一个想法就是以少打多。我还是缺少经验啊,遇到战事不能全面分析敌我形势,有的时候也很被动。您刚才说的话,我也仔细琢磨了。我想,按照您的说法,在建康城外多设些营帐,让营帐中不停地烧火,这样炊烟不断,可以扰乱敌人的视线。然后我们把全军的兵力集中在牛头山,等金兀术经过的时候,突然拦腰猛攻。而建康城内的金兵会继续等援军,他们吃了太多的败仗,已经不敢轻易出兵了。这样,趁金兀术还没有喘息的时候,我们用全部的兵力,攻击他的软肋。另外,我们派牛皋、汤怀率领的'游奕军'在龙湾阻击前来支援的金兵。这样既可以合理地利用我军的兵力,又将敌人的兵力牵制住,让他们无力反击,我们就有机会大获全胜了。"

黄机密笑着说:"将军不愧是智勇双全!机密佩服!"

岳飞不好意思地笑了笑,又和黄机密等人商量了一番,最后决定让吉青、霍锐守在建康城外,制造虚假兵力干扰金兵的视线;另一方面,派牛皋、汤怀带领两千"游奕军"和一千步兵,埋伏在龙湾附近,然后把剩余不到三万的兵力移往牛头山,自己带着岳云、张显留在中间位置,隐蔽在高坡上指挥部队。王贵和新提拔的部将陈经为左翼先锋,董先、施全为右翼先锋,徐庆、张宪为前锋,只要看清了敌人的来势情况,就可以突袭。后面的三路人马,同时从侧面配合,集中杀敌。

头一天刚布置好,第二天一大早,就听探子回来报告说,金兀术的行踪十分诡秘,很难探听出消息。幸好遇到了两个被抓去做苦力、现在被放出来的乡民,从他们口中得知,金兀术昨天晚上开始,下令全军收拾钱财和粮草,还杀了很多牛羊犒赏三军。照着金兵平日里行军前的规矩来看,估计要来偷袭了。

岳飞一算,从六合到建康不过六十里路,按照金兵现在的行军情况来看，恐怕他们到了的话，也是晚上了，那时金兵劳累不堪没办法应战，金兀术肯定想到了这一点，所以才将金军分为几个部分，一队接着一队，不急不缓地行军。金兀术认为梅雨季节，大多时候是阴天，宋军攻城心切，肯定想不到金兵会大举进攻。到时候，发觉了也晚了，他已经安好营扎好寨了。就算是被宋军知道了，以他的行军速度，只要双方一交战，那金兵的后援就会绵绵不断地赶来。免得像以前那样，将整个部队全面铺开，虽然可以利用声势浩大来吓退宋军，但结果宋军不买账，掐头去尾，猛攻中部。换句话说，金兀术知道岳飞孤军作战，没有后援，首尾不能兼顾。如果还像上次那样集中出击，恐怕又要中圈套，必败无疑。

想到这，岳飞笑着说："金兀术，你这个狗贼！不管你有多狡猾，也难逃出我的手掌心！"于是和黄机密商量，又做了些战术和人员的调整。天色将近黄昏的时候，突然探子来报，说金兀术的前锋部队离宋军营地只有十多里了。岳飞和黄机密等赶紧去山顶，向前一看，金兀术的二三十万金兵在山野树林里穿行，苍茫的暮色中，整个部队好像是一条蜿蜒的黑龙，正朝着自己方向缓缓游来。黄机密一算，估计金兵到的时候，正好是天刚黑透，主将中军营一定就在山脚下不远处。为了以防万一，岳飞又前往山坡埋伏的地方，仔细查看了一遍。刚回到中军帐坐稳，金军的前锋就已经到山前了，整个部队连人带马都是静悄悄的，队伍十分整齐，与原来的金军军容军纪完全不同。其中有数十名轻骑飞奔往来，好像是在传递消息。虽然人数众多，却听不到一句呼喝声。

岳飞不禁眉头一皱,对汤怀、张显说:"金兀术不除的话,必将成为我大宋的劲敌!你们看他进攻的方式和行军的方式,好像连我们会偷袭他都预料到了。现在如果攻击他的中间部队,也不能取胜。而且在这些金贼身上有一种锐气,如果我们现在去和他拼,我们的损失可能会比较大,我觉得不值得。倒不如趁他安营扎寨、准备休息的时候,我们选出一千名'背嵬军',穿上抢来的金兵服装,带上刚做的腰牌,乘着黑夜混到金营中。以信号炮为令,一听到信号炮就在金军的阵营里放火呐喊,让他们窝里乱,然后三路大军一起夹击,首尾呼应。这样不仅可以减少我军的伤亡,还能攻其不备,增加我军的胜率。至于由谁来完成这项任务,就由你们两个来负责挑选吧。"汤怀、张显领命下去了。

黄机密在旁边笑着说:"不战而胜,善用谋也;战则必胜,善用兵也。虽然你平时总说我的兵法好,智谋多,但是今天看了你排兵布阵的方式后,我才知道,和你比起来,我的那些小计谋都是小巫见大巫了。"

岳飞说道:"用兵之道最重要的就是随机应变,因时因地因势,随时调整战略战术,不能有丝毫的疏忽。这次多亏了您的提醒,我才去准备,不然就会出大事了。不过金兀术不是普通的将领,究竟鹿死谁手,还是个未知数呢!"

说完岳飞就和黄机密去休息了。过了一个小时左右,士兵来报,说金兵基本上已经把营帐安顿好了,金军的前锋离建康城也不远了,与吉、霍二人带领的埋伏处只有几里的距离了。接着,又有探敌的将领在回来的路上抓到了两个找水喝的金兵,杀了一个,将另一个带回来问话。

　　原来,两名宋军在探敌过程中被金兵识破,不得已才杀了其中一人。岳飞担心地问金兵的尸体怎么处置的,两名宋军说已经藏好了,岳飞这才放心。二人退下后,岳飞又传令,三更时全军人马向坡下移动,发信号炮和火花,分三路向敌营冲杀。不到一顿饭的工夫,再次命令发信号炮。一切布置好后,岳飞来到高处观望,看到金兵的阵营连了二三十里。远远望去,金兵的营帐里,一路上灯火不断。岳飞心里暗想:"金兀术真是一个将才,如果不是事先有准备,就凭他的这种声势,胜败还真是难以预料。"

　　一晃就到了三更天,先是几道火花信号,像是流星赶月一样直冲天空,过了不一会儿,山顶上的信号炮一响,全军将士一起出动。岳飞手持长枪,一马当先,冲在众士兵的前面。左边是汤怀,右边是张显,连同三千名将士,直接攻进金兵中军大营,手起枪落,先将头两座帐篷挑起,甩出老远。全军将士个个奋勇争先,英勇杀敌。

　　再说金兵刚睡下不久,没想到宋军会来突袭。按照兵法上所说,兵贵在精,而不在多。因为人数越多越难带,求胜而不许败。遇到敌人偷袭,或是遇见劲敌勇将突然来冲杀的时候,一个抵挡不住,就容易被对方抓住弱点,牵一发而动全身,削减了全军的斗志。

　　岳家军原本就是一支训练精良、作风过硬的部队,金兵打起来就更困难了。岳云、张宪又从金兵空隙的地方,冲着金军的中部猛攻,金兵稍微挨着一点,不是死就是重伤。岳、张二人先在山头遥望,看到其中有一座大帐篷,像是主帅的营房。于是两人一合计,想要生擒金兀术。没想到金兀术狡诈,并没有在中军营帐内,只有两个金军将领坐在里面。二人也没问太多,一顿厮杀之后才知道,自己竟然把大金国最凶悍的两名敌将杀了!

岳飞也杀到了中军大营,那些假扮金兵混入金军阵营的"背嵬军",又在到处杀人放火,见了金兵就杀,见了金将就砍。这些金兵又是几个部队合在一起的,彼此之间都不认识。黑夜之间,分不出敌我,互相残杀起来。宋军左右两翼同时出动,转眼间就将金兵的势力分成了好几段。

前面的金军得到消息后,正准备回来支援,结果被吉青、霍锐从后突袭。后面的金兵刚要向前进,又被施全、傅庆从左右突袭成功。牛皋、岳云又乘机偷袭,竟然抢去了大部分的粮草。金兀术得到消息后大惊,连忙下令一面撤退,一面应战。无奈,整个阵营绵延二三十里,阵势拉得太长,全军都已经乱得不成样子了。四面八方、满山遍野都是宋军的杀敌声。整个金军的军心已经大乱,连军令都发不下去了。

金兀术一看形势不妙,匆忙带了哈密蚩和身边几名勇将和部分残兵趁乱逃往淮西。这一战杀得金兵尸横遍野,血流成河。同时,宋军缴获了数以万计的马匹器械旗鼓,缴获的牛马数量更是数不胜数,大大地缓解了宋军的粮食危机。

城内的金兵,原本看到金兀术的增兵赶来,正在高兴,准备里应外合。忽然听到消息说,宋军打败金军。城里的金兵已经深知岳飞的厉害了,一看岳飞连金兀术的军队都杀得片甲不留,哪还敢停留,纷纷弃城逃跑。岳飞料定金兀术被打败之后,城里的金兵肯定会逃跑,于是亲自带着轻骑部队,前去阻截追杀。这一来,又把敌人杀了个落花流水,淹死在江中的不计其数。金兵搜刮的城里的财宝,也都被如数追了回来。岳飞带领军队回建康时,城里的居民都出城迎接岳家军。黄机密也按照岳飞的吩咐,带了幕僚和少数人马先行进城,在城外安营扎寨后,骑马进城。岳家军所到之处,城中百姓无不夹道欢迎,争先恐后地敬献美酒,想看看这位传说中的常胜将军。

第二天,岳飞一面把从金兵手中抢回来的粮草财帛分给三军将士和城中的贫苦百姓;一面向朝廷复命,移送抓到的战俘。接着,岳飞上奏说:"建康是国家的要害之地,我们应该派重兵把守。我觉得金贼要想渡江,一定是先从二浙,江西等偏僻的地方开始进攻,他们也很怕我们用重兵断掉他们的后路。所以,我希望皇上能派重兵守卫江淮,保护我们的心腹之地。"

赵构虽然害怕金人,但是平日里受尽了金国的侮辱,到处逃亡,一点都没有当皇帝的滋味。再一看,满朝上下,各路大将虽然都握有重兵,但是却从来不敢参与战争,只是观望。可岳飞虽然官不大,而且在朝廷没有派一兵一卒的情况下,孤军奋战,获得了抗金的空前胜利,实属难能可贵。于是赵构不顾权贵的嫉妒和阻拦,毅然升岳飞为通泰州镇抚使,官拜二品大员。岳飞上疏感谢皇上的恩赐,同时,请皇上派一个能够杀敌、卫国的职务,以便能从淮东进兵,先收复本路州郡,然后再寻找合适的时机,从北面进攻,收复中原的失地。慑于金国的淫威,赵构只是以书信的形式赞扬了岳飞的忠君爱国之心,并没有答应他的要求。

这时达赉攻打楚州,遭到了宋军将领赵立及全城军民的誓死抵抗。由于赵立兵力有限,被达赉围困在楚州已经达三四个月之久了。为了早日结束战斗,达赉派人用高官和重金前去诱降。赵立不但没接受劝降,而且把达赉派去说降的使者斩首示众,以表忠于大宋的决心。另一方面,赵立也曾经多次派人向朝廷搬救兵,请求支援。丞相赵鼎想派张俊前去救援,张俊一口回绝说:"金兵实在是厉害,绝不是我军能抵挡的!赵立孤军奋战,被困在孤城里危在旦夕。如果这个时候派兵去救援,只能是白白地去送死,既劳民又伤财,百害而无一利。不如放弃楚州,保全我军实力。"赵鼎再三劝说,并把岳飞归到他的部下,张俊仍是坚决不去。

赵构只得改派大将刘光世前去解楚州之围,并派岳飞前去协同作战。刘光世原是李正华的好友,当初岳飞考武状元初试时,也曾给予大力支持。然而,由于被奸臣所害,刘光世经历了入狱又重新出狱的风波后,变得胆小如鼠。一听要去抵抗金兵,已经吓得不知所措了,接到皇上的命令之后,迟迟不肯发兵。赵构五次派人催促,刘光世无奈只好出发,刚准备渡江,听说金兵十分厉害,又停了下来。这一耽搁,达赉已经打听到了赵立的援兵已到,于是接连发起猛攻。赵立站在城头上指挥军民防御,被金兵的炮弹打中了脑袋。左右将士连忙抢救,赵立慷慨激昂地说:"你们一定要好好杀金贼,我是不行了!"说完气绝身亡。岳飞接到命令前去支援的时候,达赉已经占领了楚州。

这天岳飞忽然接到消息,金兵二十万要入侵通泰两州,刘光世却始终不肯派一兵一卒来支援,岳飞将这一情况如实报给了赵构。赵构立刻下旨说:"泰州能战就战,能守就守。如果都不行,就撤回来保卫沙洲,然后再寻找战机吧。"岳飞知道这次来的都是金兵的精锐部队,泰州没有屏障可以阻隔,于是将整个部队驻扎在了柴墟,与金兵在南霸塘对阵,结果大败金军。在和金人对峙的这些天里,没有粮食,就把战马杀了充饥;没有后援,就自给自足。

过了一段时间,岳飞见手下的士兵实在是饿得难受,迫于无奈,下令先把百姓送到阴沙,自己带领岳云、牛皋和二百名轻骑断后。金兵已经被岳家军打怕了,眼睁睁地看着岳飞率领全军从容撤退,竟不敢追击。岳家军刚退到江阴,没多久,大盗李成趁乱骚扰,接连占领了江淮十余个州,很快就召集了数十万兵力,大有席卷东南之意。

朝廷派张俊为江淮招讨使,前去平反贼。张俊因为害怕李成兵力多,势力大,知道只有岳飞智勇双全,能够克敌制胜。于是向赵构建议,任命岳飞为招讨副使。岳飞到了鄱阳与张俊汇合,不久就打到了洪州。贼兵逃到了西山,张俊和手下的众将领都害怕敌人,下令不许宋军渡江作战,众人只能看着敌人从对岸从容逃走。

张保和王横正好从庐山回来,对岳飞说岳母和李春婆媳全都见到了。岳母知道江淮一带敌寇比较多,如果跟随在军中,会有很多不方便。李春也说山里住着清净,比较适宜休养。近年来,岳母怕冷怕热,身体每况愈下。等国家稍微太平些,再来找岳飞。周义奉父亲的遗命不能做官,只能暗中报效国家,现在人已经不知道去哪了。

岳飞虽然十分挂念母亲和妻儿,然而自古忠孝难两全,当时正是军情最危急的时候,岳飞也没有办法。第二天,岳飞对张俊说:"大多数贼兵比较贪,而不考虑后果。我愿意当前锋,打开这个局面。"张俊只好答应。

岳飞带领牛皋和王贵等人,出其不意地渡江杀敌,结果将贼兵杀得大败,收降了五万人。李成听后大怒,带领十万兵力前来报仇。岳飞在庄子楼和他对阵,又大败李成。先后杀了贼党两三万人,收降了七八万人,并将马进、孙建和几十名臭名昭著的贼兵头目杀死。然后招降李成,李成誓死不肯归降。最后,李成投靠了被金朝封为所谓大齐皇帝的刘豫,江淮才逐渐平静下来。

然而,一波未平一波又起,岳飞刚平定了李成,又接到朝廷的调令。原来是洞庭湖的杨幺开始造反,摆出了一个五方阵,众多宋朝的将领都受了重伤,损失惨重。

究竟岳飞能否破得了五方阵?在这场战役中,岳飞身受重伤能逃过这场劫难吗?请看下回分解。

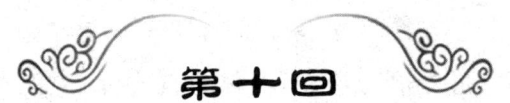

第十回

岳飞大破五方阵

　　岳飞接到朝廷的调令后,迅速带领岳家军赶往洞庭湖。到了洞庭湖,宋军将领吴玠将战事情况向岳飞做了详细的介绍。

　　以前洞庭湖杨幺势力并不是很强大。岳飞第一次被罢免回家时,杨幺曾经派亲信王佐去请岳飞,被岳飞婉拒了。那时杨幺起兵造反的决心还不是很强,只是看不下去朝廷一再向金兵妥协,奸臣当道,忠臣入狱,想到宗泽三呼"过河"抱憾而逝,杨幺才毅然决然地掀起了反宋的大旗。这些年,杨幺在洞庭湖周围召集了不少前来投降的宋军和金兵。杨幺是一个爱才的人,凡是来投降的人,都能够因人而用。因此,在众多的造反势力中享有比较高的威望,一时间拥兵数量竟然达到了三十万之多。

　　赵构一看杨幺的势力急剧膨胀,连忙派大将吴玠前去招讨镇压。吴玠来到洞庭湖之后,经过一番苦战,消灭了近十万的兵力。杨幺一怒之下找来众军师出谋划策。王佐想起自己当年学艺时,有一个老道给自己摆了一个阵,说日后会用得上,而且通过这个阵还能结识一位影响他一生的重要人物,所以王佐很用心地记住了阵法。但是老道并没有教给他破解的方法,等王佐学会了这个阵之后,老道就走了。后来王佐投奔杨幺后,也曾派人去各个寺庙寻找老道,但是始终都没有找到。

眼看形势十分危急,王佐向杨幺讲述了阵型图的来历,凭记忆画出了阵型图献给了杨幺。杨幺非常高兴,立刻让王佐带兵演练这个阵型。经过两个月的摸索和实践,终于可以用在实战当中了。刚一用到实战中,就取得了意想不到的收获,接连伤了吴玠手下的几名重要将领。吴玠一看宋军损失惨重,不得不向朝廷请求支援。

岳飞听了介绍之后,问道:"吴将军,能把这个阵型再详细地介绍一下吗?"吴玠说:"这个阵名叫'五方阵',是按照金、木、水、火、土五行的相生相克原理排布的。具体的阵型还不十分清楚,为此我也派过探子去侦查,都是有去无回。唉!"岳飞皱着眉头想了想,对吴玠说:"吴将军不要发愁,今天晚上我亲自带人去查看一下,回来我们再商讨破阵的方法。"吴玠没有办法,只能答应了岳飞的要求。

到了晚上,岳飞带领牛皋、王贵偷偷地出了城。根据吴玠提供的信息,一行人来到了一片树林中。岳飞爬上树,偷看敌军阵营中的情况。正看着,忽然听到"飕"的一声,不知从哪射来了一支箭。岳飞因为在树上,无处可躲,只得向侧面闪身,却发现箭是直奔胸口而来,不觉得叫了一声"不好!"话音刚落,箭就插进了肋骨。岳飞急忙抱住了树枝,才没掉下来。牛皋、王贵连忙把岳飞扶下来,只见岳飞面如死灰,已

岳飞中箭图

经失去了知觉。牛皋赶紧背起岳飞，疯了似的奔回军营。进了中军帐里，轻轻地把岳飞放在床上，岳飞早已不省人事。岳云急得直掉眼泪，连忙找医生将箭头取出来。众将士听到消息后，都过来探望。看到岳飞箭眼的伤口处流出了黑血，口中不停地吐白沫，知道岳飞伤得很重，为岳飞感到惋惜，忍不住落泪。牛皋气得大吼一声："人还没死，哭什么丧！都给老子滚出去！"众人吓得赶紧回营。牛皋打开贴身的小口袋，在里面摸索了半天，抠出一个小药盒，小心翼翼地打开药盒子，从里面拿出一粒红色的小药丸。"快去拿些热水来，都是死人啊！"岳云赶紧去端来一碗热水，把药调匀后，灌到了岳飞的嘴里。不一会儿，岳飞"哇"的吐出了一大口黑血，许久才发出了一声呻吟。过了一会儿，岳飞翻了个身勉强坐了起来。众人这才放下心来，纷纷夸牛皋是华佗转世。牛皋说："华什么佗啊，这是我爹给我的救命丹，一共只有两颗。"

岳云拿起箭头看了看说："这箭不是敌人所射，倒像是我们军营中的箭。你们看，上面还有记号呢。"岳飞挣扎着坐起来，看了一眼箭说："没有记号。"牛皋把箭拿过去看了看说："这明明就是咱们军营里的箭，怎么说不是呢？把所有将领的箭都拿过来，一对就知道了。"岳飞抢过箭，用尽气力，一折两半，插到自己的靴筒里了，接着说："你们不要再追究了，他会悔过自新的。"众人都佩服岳飞的容人之心，纷纷说："元帅有如此宽厚仁德的心，是我们大宋军队的福气啊。可是射箭的这个人，也太心狠手辣了，而且还从背后放冷箭，太缺德了！元帅不追究，真是便宜了这个人了！"牛皋生气地说：

"好,你宽宏大量,我们都是心胸狭窄的小人。哼,我这就两颗药,你自己看着办!"岳飞笑道:"牛兄弟,别生气了。保证不会有下一次了。大家也都回去好好休息吧,我们还得想怎么去破五方阵呢。"众兄弟告辞后,各自回营。只有岳云留在岳飞的床前。

岳云心疼地说:"爹,我知道这个人是谁,你也知道他是谁,为什么你要袒护他啊?"岳飞说:"儿啊,你不知道,他以为我赏罚不分明,对他不公平,因此才会怀恨在心放了暗箭。如果我追究,他一定会更恨我;如果我以仁德之心宽容他,他一定会痛改前非的。"岳云点点头,扶着岳飞躺下休息。

再说杨幺听说岳家军来了,心里不免有点惊慌,忙召集众人商议对策。杨幺对王佐说:"岳家军来了,你的阵型没问题吧?"王佐自信地说:"没问题,这个阵型暂时还没有什么大的漏洞。明天我去两军阵前诱敌,毕竟岳飞和我有过一面之缘。等到岳飞的军队出兵后,请您命人截住他的后路。再让崔庆、崔安从左路进攻,罗延庆、严成方从右路进攻,三大王杨凡率领大军四面围攻。最好再派花普方驾着战船拖住韩世忠,这样韩世忠就没有办法来支援岳飞了。就算岳飞有天大的本事,也逃不出咱们的手掌心了。"

杨幺一听大喜,连说:"好,就按照军师的计策办。"王佐领旨后下去准备了。

这时,二大王杨钦出来上奏:"军师的妙计虽然好,但是岳家军不同于其他宋军,手下将领都是智勇双全的勇将,我们不能疏忽啊!我想,如果能讲和,我们就可以不动一兵一卒,还拉拢了岳家军做联盟,不是比打仗更好吗?"杨幺忙说:"贤弟说得很对,但是派谁去呢?"杨钦回答说:"我愿意舍身入虎穴!"杨幺高兴地说:"贤弟,你真是我的好兄弟啊!好,你多带些金银珠宝给他,如果他们不同意讲和,你就回来,一定要保证人身安全啊!"杨钦正要领旨,忽听驸马伍尚志说:"臣愿与王叔同去,为王叔护驾。"杨幺笑着说:"好极了,有你去我就更放心了。"杨钦心中暗想:"他凑什么热闹,我还有重要的事要办呢。"无奈之下,只好和驸马一起去讲和。

两人来到宋军守城外,对城上的士兵说:"麻烦你去通报岳元帅,就说洞庭湖二大王杨钦、驸马伍尚志求见。"士兵连忙去通报。岳飞传令将二人请进元帅府。二人来到元帅府,见过岳飞后,杨钦开口说道:"在下杨钦同驸马伍尚志奉我家主公的命令,特来与元帅讲和。如果您肯撤兵停战,我们愿意为您准备回朝的粮草,奉上金银珠宝。而且我们也愿意每年向大宋进贡。这样可以避免开战后伤及无辜,百姓生灵涂炭。您看怎么样?"

岳飞怒斥道:"捉拿杨幺是早晚的事,平定洞庭湖也只是个把月的事,何需多言?"接着传令左右:"将两人给我拿下,分开审讯!等我抓到了杨幺,一起斩首示众!"左右接到命令后,将两人分开看押。到了吃晚饭的时候,岳飞命人准备好酒好菜偷偷地给杨钦送去。

熄灯后,岳飞命张显悄悄地把杨钦带到后营,重新见礼。岳飞请杨钦坐在上宾位,说道:"刚才多有得罪,在众将领面前不得不那么做,还请您原谅。不过,将军这次来不知有何指教?"杨钦说:"王佐调集各路兵马,摆出了'五方阵',前后左右都有埋伏,我来告诉您一声,希望您能想出好的破阵方法。我担心等到您大军进攻的时候,玉石不分,希望元帅能保全我全家的性命,杨钦将感激不尽!"岳飞忙说:"将军这么说就见外了。先前攻打蛇盘山的时候,如果不是您暗中送信,我们怎么能轻而易举地取胜呢?那时,我就把将军当成是自家人了。等将来平定洞庭湖后,我还要向皇上给您请功呢!至于您说的保全家口的事情,我答应您。不过,为了不让杨幺起疑心,咱们这么办:我给您一面小旗,回去您插在门上,就可以平安无事了。"说完命家丁取来一面小旗,送给了杨钦。杨钦收好旗,谢过岳飞,岳飞又让张显把杨钦送回房。

接着岳飞对汤怀说:"你去把伍尚志请来。"不一会儿,伍尚志来了,见了岳飞,跪拜道:"以前有冒犯元帅的地方,还请元帅恕罪!"

岳飞扶起伍尚志,说:"你的才华是有目共睹的,我很钦佩。只不过你投错了主,跟错了人,我觉得很可惜。今天你来有什么事情吗?"伍尚志把自己得胜回营、招为驸马的事告诉了岳飞,然后说:"公主虽然和我成了亲,拜了天地,却不肯和我入洞房,说除非岳元帅作主,才能与我入洞房。"岳飞听了哈哈大笑,说:"杨幺招驸马,公主与你入洞房,为什么要我来作主?这不是笑话吗?"

伍尚志说道:"元帅您有所不知,这里还有一段隐情,请容我讲给您听!公主不是杨幺的亲生女儿,她本是潭州潭村人,父亲名叫姚平章,她们全家都被杨幺所杀。那时,公主年纪还小,杨幺见她聪明伶俐,把她带回去认作女儿。"岳飞听了大吃一惊:"姚平章?那是我舅舅啊。这么说来,公主应该是我的表妹了。她现在怎么样?"伍尚志说:"公主说了,一则她与杨幺有不共戴天之仇,二则岳元帅是公主的表哥。所以公主说了,杨幺挑的驸马不算数,只有元帅您挑的才算数。所以我特向杨幺请命,前来拜见您,好让公主安心。"岳飞听了,连忙站起来走到伍尚志跟前,说道:"这么说来你就是我的表妹夫了。"于是叫来岳云拜见姑父。

岳飞又命家丁去请杨钦,伍尚志听后,惊慌地说:"元帅,我在这和杨钦见面不好吧?"岳飞笑着说:"别担心,见了面你就知道了。"不一会儿,杨钦走了进来,看到伍尚志也在,顿时觉得十分慌张,不知道岳飞葫芦里卖的是什么药。岳飞把事情一五一十地说了一遍,两人听后大笑,原来大水冲了龙王庙,一家人不认一家人了!

当天晚上,岳飞在营帐里请二人吃饭,几人相谈甚欢。

第二天,岳飞派人把杨钦和伍尚志送到渡口。两人回去见了杨幺,一起说:"岳飞有和解的意向,只是手下的诸将领不同意,非要杀了我们两个,好在岳飞说'两国交战,不斩来使'。我们才得以全身而归!岳飞让我们回来向您复命。"杨幺听了两人的回报,心里很不高兴,起身回宫了。伍尚志回到公主的寝宫,对公主说:"今天见过你表哥了,把你让我告诉他的事情,都说了一遍。岳元帅说了,等他平定了杨幺之后,就为咱们主持婚礼。"公主感激地说:"驸马如果能帮我报杀父之仇,我愿以身相许,永世追随驸马!"伍尚志点头答应了。两个人又聊了很多，互生爱慕之情。天快黑了，伍尚志才离开。

岳飞根据杨钦和伍尚志的情报，邀请韩世忠一起剿匪。并且分派杨虎、阮良、耿明初、耿明达、牛皋五人来协助韩元帅由水路进攻。自己带领众将出了潭州城，安营扎寨，准备与杨幺决战。

第二天，岳飞在中军帐里聚集所有将领，传令说："现在王佐调齐人马，摆下了'五方阵'。按照金、木、水、火、土各路埋伏，前后左右都有救应。大家要齐心协力，我们能不能消灭杨幺的势力，就在此一举了！所有人必须严格执行我的军令，违者一律军法处置！"众将领齐声说："愿听元帅指挥！"岳飞随即命令余化龙上前听令，余化龙上前领命。岳飞说："给你一面红旗，你率领周青、赵云带领三千人马，从正西面杀入敌阵，我会派人接应你。"余化龙得令退下。接着岳飞又命何元庆同吉青、施全一起带领三千士兵，手拿黑旗，身穿黑甲，从正南面杀入，取以水克火之意。三人得令退下。岳飞又命岳云同王贵、张显带领三千士兵，黄旗黄甲，从北方杀入接应。岳云等人得令退下。岳飞又让汤怀同郑怀、张奎带领三千人马，白旗白甲，从正东面杀入敌阵，取以金克木之意。汤怀得令退下。岳飞又让杨再兴带领青甲兵三千人，左边张用，右边张立，一齐冲入中央，砍倒杨幺的"帅"旗。岳飞亲自带领大军压后，接应五方兵将。

到了约定的日子，韩世忠带领众将从水路杀了过来。杨幺连忙让杨钦镇守宫殿，让伍尚志照看后宫家眷，自己亲自去阵前迎战韩世忠的军队。

　　"五方阵"里，余化龙率领周青、赵云从正西面杀入，正遇着守阵的崔庆。大战了数十回合后，崔庆被余化龙架开刀，一枪刺于马下，一命呜呼了。何元庆与吉青、施全带领士兵从正南杀了进来，却被敌阵中的崔安截住，打了五六个回合后，崔安正要逃走，被何元庆一锤打得脑浆迸裂，死于马下。岳云、王贵、张显三人从北方杀入阵中，敌将金飞虎摆开两条狼牙棒上前迎战，被岳云架开棒，一锤将其打作两截。接着杀了过去，恰巧遇着余化龙、何元庆从两边杀来。三支队伍合并为一支队伍，好似恶龙搅海一般，所向披靡！不一会儿，从东边阵上传来了震天的喊杀声，是汤怀与郑怀、张奎领兵杀了进来。敌将周伦舞动着双鞭迎战汤怀，还没等交锋，就被郑怀从侧面一棍子打死了。恰好杨再兴从中间杀了进来，守中阵的正是杨幺手下最得力的三大王杨凡。两个人展开了激烈的大战，正打得难解难分的时候，敌将严成方见杨再兴并没有占上风，便把双锤一摆，大叫一声："杨将军，严成方前来助阵！"策马来到阵前。杨凡以为他是来帮自己的，没承想，严成方临阵倒戈，一锤打在了杨凡的头上，把杨凡打落马下，杨再兴一愣，与严成方一起取了杨凡的脑袋。罗延庆看严成方公然投了岳家军，把枪一摆，接连杀了几个杨幺的部下，大叫道："罗爷爷早就是杨再兴的人了，现在俺要归顺岳元帅了，愿意投降的跟着我走，否则别怪我这杆枪不长眼睛！"守阵的士兵一看主将都投降了，纷纷逃散。"五方阵"转眼间不攻自破。

　　探子向王佐报告前方的战势情况："'五方阵'被攻破，罗延庆投了宋朝，严成方打死了三大王，'五方阵'里的将士已经逃散了。"王佐一听，立刻慌了起来。正在惊慌的时候，又有探子来报："伍尚志与杨钦献了水寨、烧了宫殿，大王满门家眷都被宋兵杀死了。"话音未落，又有探子来报："牛皋招降了花普方，大王现在被韩世忠围困，情况十分危急，命军师速去救驾！"

王佐连着听了几个探报，没有一个有好消息，不禁仰天长叹道："为什么？为什么明明已经到手的江山，就这么被岳飞夺走了？难道真的是天要绝我?!"说着，拿起剑就要自杀。突然一支镖飞来，打掉了王佐手中的剑。王佐一惊，一看不是别人，正是岳飞。岳飞快步走到王佐跟前，激动地说："好兄弟，你这是何苦呢？你的忠心我们都知道，只不过你投错了主。现在大势已定，就算你搭上一条命，也挽不回杨幺的败势！这不是你的错，只能说这是天意。过去的事情，咱们就不要再去想了，咱们一起想想以后如何打金人，保大宋，你看怎么样？"王佐听了岳飞的肺腑之言，心里十分感激，扑通一声跪在地上，说道："我现在才明白师父为什么教我这个阵。岳大哥，我愿意和你保大宋，今后我都听你的！"岳飞忙扶起王佐，一起回到大宋的军营。这一战，岳家军伤亡不到两千人，收缴杨幺的十五万大军，取得了完胜。赵构听了之后，高兴地下旨召见岳飞。见面后，先是嘘寒问暖，接着提升岳飞为宣抚副使，仅次于丞相秦桧。

那么秦桧会甘心让岳飞破坏自己的千秋大计吗？虎父无犬子，岳云在战场上又会有怎样的表现？请看下一回：岳云单枪斩京超。

第十一回

岳云单枪斩京超

　　岳飞得胜回朝后,岳母和李春已经被接到洪州府。岳飞又奉命出兵贺州缉拿大盗曹成。当时正是大夏天,天气非常热。岳飞略施小计,把曹成数十万人马杀了个片甲不留。曹成打一阵,败一阵,从贺州太平场撤退,逃到北藏岭、上梧关,又召集了十万左右的残兵,顽强抵抗,都被岳家军接连攻破。曹成所占据的五岭一带州郡也都相继被攻破。曹成走投无路,带领残兵败将投了韩世忠。

　　早在靖康之变的时候,金兵攻破汴京,抓走了数以千计的皇亲国戚、文武大臣及其家属。到了金国,王公大臣们受不了金人的凌辱,有的被杀,有的自杀,能够保全性命的人是微乎其微。在群臣中有一个人叫秦桧,是朝中的二品大臣。他和妻子王氏被抓到燕京以后,吴乞买把他们夫妻二人送给达赉为奴。秦桧受了很多苦,经常和王氏抱头痛哭,说这辈子空有了一身的才华,做了金人的奴隶,永远都没有出头之日了。

　　达赉知道秦桧是宋朝的状元,又是朝中的御史中丞后,故意示威凌辱。等秦桧夫妻胆战心惊时,才假装不知道他的身份,找了个机会与他见面。聊了一会儿,就安排下人领他夫妻二人去沐浴更衣,然后进府里深谈。隔了不久,达赉就让秦桧参谋军事,随后升为随军转运使,待遇十分丰厚。

秦桧夫妻做梦也没想到,他们能在金兵的地盘上平步青云,不由得感激涕零。后来才知道,刚开始达赉不知道他们夫妻,后来听金兀术提过秦桧的名字,并夸赞他很有才华,达赉回去一看才知道,秦桧就在自己的奴隶队伍中,于是加以重用。秦桧夫妻听了事情的经过后,立刻把金兀术和达赉当成是再生父母。

这时金兵的兵权有一半是握在达赉和金兀术的手中,二人经常找秦桧夫妻吃饭聊天,时常以小恩小惠来拉拢二人。秦桧的妻子原本是天上的女士蝠,因为在佛祖讲经时,放了个奇臭无比的屁,被岳飞的前身大鹏鸟啄瞎双眼而死。来到凡间转世投到了官宦人家中,打从娘胎起就带着阴险狡诈的根,因此在同达赉和金兀术接触的时候,巧言辞令,非常受二人的赏识。后来达赉围攻楚州,秦桧夫妻随大军南侵,二人经常为金兵出谋划策,倍受达赉和金兀术的信任。

这天,达赉忽然接到了金兀术的来信,信上说:"宋朝的民心还没死,我军虽然取得了暂时性的胜利,但是各地涌现出了大量的起义军,另外宋朝新兴的勇将岳飞、吴林等都是劲敌。照这样发展下去,非但不能吞并东南半壁,恐怕连已经夺到手的中原沃土也危在旦夕了。如今看来,只有派上一两个有威望的宋朝降官,用荣华富贵加以诱惑,让他想尽一切办法回去取得宋主的信任,以议和来打动宋主,做我们的内应。赵构昏庸无能,也没什么大的志向,他一听到有人能促成议和，一定求之不得。等到咱们派去的宋朝降官掌握朝政之后，再借用他的权势，离间诸将同宋主的关系。到时候我们就有机可乘了，进可以战，退可以守。和战两方面，都在我军掌握的范围之中，我们一定会无往不利的。"

达赉看后十分高兴，连连称妙。经过一番筛选，发现只有秦桧是可以信任的。被俘以前，秦桧当过御史中丞，并发表过抗金的言论，在朝中颇有威望，用来作内应，是再合适不过的。正想让秦桧夫妻回宋朝，没想到金兀术也来信推荐让秦桧夫妻回去做内应。此外，金兀术告诉达赉，虽然秦桧是状元，也在朝中任重要的职位，但是远不如他的妻子王氏计谋多，王氏聪明，可以共同商谈机密，遇到事情可以同她商量。将来如果金兵能占据东南，就立秦桧为皇帝。如果赵构对秦桧不好，达赉立刻统领百万雄兵去为他讨公道。但是，如果秦桧不按照我们的计策行事，我们也绝不容他！

秦桧原本就是一个势利小人，生来就是做汉奸的料，一看有这样的主子为自己撑腰，自然非常得意。他认为现在金兵势如破竹，自己也十分有可能称霸南方，成为一国的君主。即使做不了君主，也能尽享荣华富贵，永保公侯相位。想到这些，秦桧不禁喜出望外，感激涕零。当着信使的面，穿上整齐的金人服装，大呼"千岁，千岁，千千岁"，跪地谢恩。

达赉接到金兀术的回信后，偷偷地来找秦桧商量计策，正好看到秦桧感激涕零，跪地谢恩，连声夸赞说："你真是我们大金国的忠臣啊！"秦桧夫妻又连忙跪地谢恩，不停地擦眼泪。达赉再三好言相劝，秦桧夫妻才破涕为笑。当下，三个人秘密商量了几天，达赉才派人带着大量的金银珠宝，护送秦桧夫妻坐上小船，来到了两军交界处，偷偷地上岸。日夜兼程地赶往越州去见赵构，自称是从金军的阵营中逃回来的。

对于秦桧的说法，群臣大多不相信他的说法：满朝被金兵抓去的文武大臣那么多，为什么只有秦桧一个人活着回来，而且还带着妻子王氏一起逃了回来？光是逃难的路程就有两三千里，还要接连穿过金人占据的重要军事重地。能活着回来，简直是千万分之一的概率。一些忠臣都认为秦桧是金国派回来的卧底。然而，奸相范宗尹和江西安抚大使李回，以前就和秦桧的关系非常好，又受了他的贿赂，于是极力替他辩解，并联名向赵构推荐，说秦桧是个千古难遇的忠臣，冒着生命危险从金兵阵营中逃回来，我们应该礼遇等话。赵构本是个耳根子软的主，一听二人的劝谏，就让秦桧上殿进见了。

秦桧早就从范宗尹那儿打听出赵构的心意，于是略微分析一下形势，写了一篇万言的劝和信。赵构本来就害怕金兵，不希望两个皇帝回来，一看秦桧写的劝和信，不但文章好，对于金国的形势和兵力强大等利害关系，分析得头头是道，有理有据，心中不禁又惊又喜。虽然以前也派人去向金人求和，但是赵构还想着一些父子之仇和全家流离逃亡的痛苦。在和与战的抉择中，始终举棋不定。有战事的时候就躲起来，只想依靠一些大臣和韩世忠、岳飞的抵抗，来保全他的江山社稷。自从秦桧回来，在偏殿单独密谈后，赵构终于下定决心，与金人抛弃前仇，握手言和。因此，赵构对秦桧一天比一天信任，并对左右大臣说："秦桧是我大宋朝最忠心的臣子啊！我能有这样的臣子，真是不枉此生啊！"

另一方面，金人表面是极力促进求和事宜，背地里却兵分几路，到处烧杀抢掠，接连占领了大片中原郡县。好在朝中大将吴玠、吴璘和刘子羽在凤翔大散关东孤军奋战，大破金兵，否则连四川都要被占领去了。

全国各地起义军不断涌起，反抗金兵的入侵。金兵抓不到真正的起义军，就在中原地区大肆地屠杀百姓，发泄心中的不满。金主下密令，命各路金兵到处搜捕河南、河北的善良百姓和路上的商贩旅客，称为"客户"。有的在耳朵上刺上字，作为标记，集中锁押在云中一带，卖给金国的军民为奴隶；有的被押往关外各种族部落，以人换马、骡等交通工具；另外还有很多人，竟然被集中活埋，死伤不计其数，活着的人更是受罪无穷。那些从金国边境逃到南方来的人，逢人就哭诉这些悲惨遭遇，让人惨不忍睹。

朝中的大臣听到这些事情后，如实地向赵构上奏。赵构听了秦桧的话，只想保全自己的荣华富贵，竟然置之不理。不到半年的时间，秦桧就被提升为丞相。由于秦桧升迁得太快，引起了朝中大臣的不满。秦桧仗着金国的宠信和赵构的信任，越来越狂妄自大，对赵构讲话时，也开始口无遮拦。口口声声高谈着要议和，可是金兵却一而再，再而三地进攻。以前派去求和的使者都被金国扣留了，而金国却从来没有派过一名使者来议和。渐渐地，赵构对秦桧失去了信心，这才决定暂时罢免他的职务。

赵构虽然苦盼求和，但看到金兵不断向南入侵，刘豫、李成等叛贼又联合金兵大举来攻，声势比以前更大，看着国土日益减少，国家日益贫穷衰落，想到以后连逃亡的地方都没有了，心里十分悲凉。看到岳飞和韩世忠等人誓死护卫国土，赵构心中略感欣慰。为了收复失地，岳飞上疏给赵构，希望赵构下令让自己收复黄州、复州、汉阳等地。赵构接到岳飞的上疏后，立刻写了封亲笔信，告诉岳飞在不越过失地边界的前提下，可以收复失地，而且可以根据形势来自行安排。接着，又命湖北、荆南各路军中将领归岳飞节制，并且犒赏岳飞带领的全军将士。岳飞接到圣旨后，感受到皇上的信任和体恤，越发加紧准备，当年五月，除黄州、复州外，其余的几处失地也都收复回来了。当时，岳飞是满朝武将中年纪最轻的（时年三十二岁）。就在发兵渡江的那一天，船行驶到大江中流的时候，岳飞看见江面江波浩荡，水天一色，感慨地对黄机密说："这么好的江山，绝不能让它落入金贼的手中！如果这次我不能大破金贼，收复襄阳六个郡县，我岳飞就没有脸见江东父老了！"

不久岳飞联合韩世忠等将领，将襄阳等六个郡县如数收回。赵构虽然心里十分高兴，但是慑于金国的淫威，还是惶惶不可终日。忽然听大臣来报，说刘豫将要联合金兵进攻京都。赵构吓得赶紧逃往平江，任命秦桧为行营留守，并参决尚书省枢密院事。秦桧第二次被封为丞相后，权利比以前更大了。在秦桧、范宗尹等被罢免的三四年中，韩世忠、岳飞等将领分别收复了大片失地，在朝中可以说是战无不胜，令金兵闻风丧胆，其中立功最多的就是岳飞。

这次秦桧当权之后，一心想要完成金兀术和达赉对他的嘱托，于是专和这些抗金将领作对，很多将领在没有后备支援的情况下功败垂成。如果不是因为岳飞治军有方，爱民如子，到处都有义军的响应和百姓的欢迎、支持，别说是收复中原失地，接回两个皇帝，就连大宋现在剩下的这点地盘，也早就被金人吞并了。

在刘豫的手下有一名大将名叫京超，号称"万人敌"，凭借着兵力强大，装备精良，气焰十分嚣张。在端午节的时候，岳飞率领部队在郓州与京超的军队相会。

岳飞先是对京超做了一番劝说，没想到京超并不买账。岳飞当夜传令，命全军半夜吃饱饭，趁着月初天阴的时候，偃旗息鼓，静悄悄地借着地形和树木的隐蔽，先进到离郓州城根不远的地方驻扎起来，等天快亮的时候，突袭郓州。此外，派岳云带领五百名"背嵬军"，进攻东北城角的金兵炮楼，然后命徐庆、汤怀、张显等带兵在后接应。金兵的炮楼建在悬崖边上，十分高大。炮楼的下面都是野草杂树，里面有两条小路可到城根。京超自恃英勇神武，并没有做太多的防备。岳飞大军攻城从正面虚张声势，喊杀声响震四野。京超听说宋军攻城的势头迅猛，忙登上正面的城楼准备防御。此时，岳云早已带领五百名"背嵬军"进到城楼的东北角了。

守城的金兵如梦初醒，匆忙迎敌。岳云所带领的五百名"背嵬军"头上戴着特制的牛皮头盔，手中拿着护手钩，一个踩着一个的肩膀，分成几队登到城顶。守城的金兵随即被杀散了。

　　岳云手拿铁锤一马当先,刚一上城,就将迎面赶来的一名金兵一锤砸死了。众部将看到对面都是金人,一声喊杀,纷纷拔出腰中的刀和匕首上前猛砍。直杀得这伙金兵鬼哭狼嚎,抱头鼠窜,好多人不小心掉下城楼摔死了。

　　想到金兵残杀自己的同胞,岳云的怒火就直往上冲,恨不能杀死天下所有的金人才解恨。转眼间,岳云从城上杀到城下,先将城门打开,放进徐庆、汤怀、张显等,两支队伍会合后,声势更加强大。

　　城里除了有刘豫的兵力以外,还有金兀术派来的三员大将和几千人马。他们做梦也没有想到宋军的来势会如此迅猛,一大清早就攻破了东北城。其中的两名大将忙不迭地召集手下的兵将迎敌。而徐庆等人按照城中百姓的指点,分头杀敌。金兵将领阿吉里还没等上马,就被徐庆一枪刺死。另一名金军将领也被汤怀和张显所杀。

　　京超一边在城头上指挥金兵顽强抵抗,一边不断地派人出去打探情报,都是有去无回,急得京超好像是热锅上的蚂蚁。打了一阵,京超知道形势不好,于是赶忙从城上往下逃,刚跳到马上,迎面遇到了前来杀敌的岳云。京超忙挥舞手中的大刀砍了过去,却被岳云用铁锤挡了回来。京超根本没有把岳云放在眼里,觉得眼前不过是一个十几岁的小孩子,能有多大本事。被岳云架开了大刀之后,京超觉得整个胳臂发麻,大刀差点从手中飞出去。京超这才知道岳云的厉害,大吃一惊,立刻拍马就逃。京超一走,城上的守军纷纷溃逃。有几个想逃出城的金兵,打开城门后,却把岳飞的大军给引了进来。

京超逃出不远，看到军师刘奕和另一名金国的勇将马黄带了数千名金兵前来支援，心想："马黄平日里仗着金兀术做靠山，狗仗人势，盛气凌人；今天算你倒霉，让你做个替死鬼，先挡上一阵再说，反正我得先逃。"连忙把马头一转，从左侧的小巷里逃走了。京超本来是想南面有一个土崖与守城相连，只要逃到城上，就能翻过城墙逃走。没想到，岳云早认出他是主将京超，怎么能轻易让他溜走呢？再看后面已经有王贵、张宪、牛皋等人接应杀敌，于是将铁锥一挥，快步追了上去。

京超骑马速度很快，不一会儿就到了土崖前，把岳云甩了有十多丈的距离。如果京超跳下马，自己逃走的话，也许还有一线生机。可是由于心中惊慌，不自觉地拼命纵马飞奔，到了土崖前已经刹不住闸了。只好把两腿一夹，纵马顺着山坡向上冲。这中间的距离不到二十厘米，没想到，土崖上立着一块突出的崖石，离地有三四尺高。京超猛地一拉马缰绳，把马头一仰，企图硬蹿上去。说来也巧，京超的力度用得过猛，两条前腿正好撞在崖石角上，右腿当时就断了，连马带人一齐摔在了地上。从马上掉下来时，又把左胳膊摔折了。这时岳云已经追到了跟前，京超虽然口中喊着"将军饶命"，右手的大刀却不停地朝岳云砍去。

岳云看到京超的可怜样，原本想把他活捉回去，向父亲交差。可是看到京超一边求饶，一边对自己挥舞大刀，想起他平日里凶残狂傲，今天又是这样狡猾无耻，心中的火一下子蹿了起来，扬起手中的铁锤，直接把京超的大刀震了回去。

岳云战京超图

京超也是倒霉催的，大刀返回来的时候，手一抖，刀背正砍在自己的头上，一命呜呼。岳云割下他的脑袋回去找王贵等人。

金兵将领马黄是刘豫和李成非常喜欢的一名勇将，曾经跟随他们攻破了许多州郡。虽然马黄自己觉得立了很多功劳，可是金兀术却只任命他做副将，随同京超一起镇守郓州。马黄心中十分不服气，今天看到京超的部队被打败，立刻率领自己的四千名久经沙场的精兵前去夺城，想借用这次的功劳羞辱京超。

马黄刚重申完军纪，忽然看见对面冲过来一名宋军将领。马黄并没有把来人放在眼里，觉得来人也和其他宋军将领一样，凭着手中的一对铁架，一个来回就能轻取对方的性命。刚把双槊一扬，就听对方说道："张显在此！"马黄一听来人声音如洪钟一般，知道此人的气力非凡，心中不觉一惊，忙把双槊一分，扬架就打。

哪承想张显的枪法十分精准，看出马黄身材高大，臂力过人，心中已经想好了计策。将枪杆紧贴着马黄的架头，微微一挑，先将马黄发的劲力拨去了一半。不等马黄出第二架，就已经把枪头往下一绕，抖起一个寒光，奔着马黄的心脏就刺了过去。马黄胸前穿的护心甲立刻被刺穿，疼得马黄龇牙咧嘴，忙用右手槊猛力一撩，不想被张显顺势一挑，从马上飞了出去，撞向了人家的屋檐之上，把人家屋檐上的瓦撞碎了一大片，倒地时七窍流血而死。牛皋、王贵一路追杀，把金军杀得四处逃窜，无力抵挡。

城中的百姓平日里受尽了金兵的欺凌抢掠,看到岳飞带领大宋军队攻城,都纷纷爬到屋顶上观战。一看有金兵和刘豫的兵经过,就拿着砖石和瓦砾往下砸。金兵凭空被打得头破血流,心中恨得痒痒的却又无计可施。

汤怀和牛皋见全城的百姓登高助威,一面奋力杀敌,一面与屋顶上的百姓一齐喊:"这些败类金贼,奸淫掳掠,无恶不作,我们恨之入骨。各位将军千万要替我们报仇雪恨啊!别让他们跑了!"屋顶上的百姓听了后,激动地在屋顶上连哭带跳。这一来,越发激起众将领的义愤,拼尽全力追杀金兵和反贼。受伤倒地的金兵,被赶来的百姓用菜刀和乱棍打死。城里金兵和反贼的死尸到处都是。

这一仗,宋军共杀死了七八千人,其中金兵占六千以上,剩下的金兵和反贼全部投降。岳飞安慰城中的百姓,以后生活会一天一天好起来。城中的百姓高兴得欢呼岳家军万岁。

回到营帐中,众将领都为打了胜仗而高兴,吉青问道:"将军用兵,向来以少胜多。而我军五万的兵力,结果用了不到一万的兵力就打了胜仗,是不是有点小题大做啊?"

岳飞笑着说:"我用五倍的兵力来谋划,用一倍的兵力来攻打,如果不胜的话,那么也能够全力撤退;撤退后再寻找战机卷土重来。一定要先声夺人,这样才能取胜。郓州地势险要,京超、马黄都是金兵和反贼的猛将,号称'万人敌'。我用全军的兵力,连夜急行,一举攻下它,其他的反贼知道咱们占领了郓州,必然会闻风丧胆。只要我们分兵出击,我想,我们很快就能收回这些失地。"众将领听了之后,更加佩服岳飞足智多谋。

随即,岳飞命令张显、徐庆带兵收复随州。反贼将领王嵩听到消息后,不战而逃。岳飞又命牛皋按照郢州战役的打法,只带三天的粮草,攻打随城。牛皋到后第二天就将随城攻破,活捉王嵩,斩首示众,并收降了五千名反贼。接着,岳飞又让张显、徐庆收复唐、邓二州,自己则带领大部队攻打襄阳。李成得到消息后,率领金兵和反贼的十多万人马,出城四十里迎战。王贵率先请命出战,牛皋、汤怀也争着一起去。

岳飞见贼兵左面濒临襄江,右面是平原,整个部队黑压压的一片,比自己的人至少多出三倍。岳飞不慌不忙地对王贵等人说:"你们先别急着去出战,我原来以为李成多次被我打败,应该学到一些经验。不过,他还是那么笨。自古以来,步兵打仗应该是占据险要的地理位置,如果是骑兵的话,倒可以在平原排兵布阵。你们看,李成竟把骑兵列在江边,步兵列在平地上。虽然人数很多,但是肯定会一击就败。"

岳飞命王贵、吉青带领三千名手持长枪的步兵,攻打李成的骑兵;又让牛皋带领三千名"游奕军"攻打李成的步兵,自己带领众将领在后面接应。结果岳飞大破李成的军队,成功地收复了襄阳府。不久,岳飞又率领众将领打败了反贼刘豫,最终将襄阳六个郡县全部收复。

岳飞看到自己年纪轻轻就被封为副使,害怕别人嫉妒,于是向皇上请求降职。这时赵构看岳飞既能抗击外敌,又能平复内乱,岳家军所到之处,战无不胜,就连最害怕的金兵,也都被打退了。而且太上皇(赵佶)又死在了金国,心中少了很多顾虑。然而秦桧第二次被起用不久,知道自己上次内奸做得太露骨,话说得太夸张,而金兀术又不给他面子,进兵太急,嘴上说讲和,实际上恨不能马上就把宋室江山占为己有,因此遭到不少朝中大臣的反对和排斥。如果不是因为赵构想留一条求和的后路,秦桧恐怕连命都保不住了。于是,秦桧二次上台后,便打好了稳扎稳打的主意。虽然心里忌恨岳飞、韩世忠、吴玠、吴磷等抗敌将领的战绩,但在公众舆论之下,暂时还不敢加以陷害。但是一有机会,秦桧就会离间众大将同皇上的关系。

这天,赵构问金国的议和事情进行得怎么样,秦桧假装为难地说:"回皇上,我已经派人去金国议和了,可是……"赵构一听,忙问:"秦爱卿有什么话只管说,和朕说话还支吾什么,照实说来。"秦桧勉强回答说:"金人回复消息了,他们很想和您议和,但是怕岳飞岳元帅和韩元帅不同意,您做不了他们的主,所以还得再等等!"

"混账,我堂堂大宋的皇帝,怎么还管不了岳飞和韩世忠?"赵构嘴上虽然这么说,心里却十分不满。想起太祖黄袍加身称帝,赵构也害怕岳飞和韩世忠拥有重兵后起兵造反。

岳飞并不知道赵构已经对自己有了防范之心,屡次向赵构请求趁着收复襄阳的契机,一鼓作气收复整个中原。赵构听后都不允许,只说几句夸奖的话,敷衍了事。

岳飞心中着急,夜不成眠,便把忧国忧民、满腹悲愤苦痛的情感发泄到文辞上去。一天早上起来,回忆前一天晚上在月光下徘徊时的感想,先填了一阕《小重山》,原词是:

昨夜寒蛩不住鸣,惊回千里梦,已三更。

起来独自绕阶行,人悄悄,帘外月胧明。

白首为功名。

故山松菊老,阻归程。

欲将心事付瑶琴,知音少,弦断有谁听?

填完前词后,正赶上大雨刚停。岳飞意犹未尽,跟着拔剑起舞,慷慨悲歌,又填了一阙千古传诵的《满江红》,原词是:

怒发冲冠,凭栏处,潇潇雨歇。抬望眼,仰天长啸,壮怀激烈。

三十功名尘与土,八千里路云和月。莫等闲,白了少年头,空悲切!

靖康耻,犹未雪;臣子恨,何时灭!驾长车,踏破贺兰山缺。

壮志饥餐胡虏肉,笑谈渴饮匈奴血。待从头,收拾旧山河,朝天阙。

这两首词,是岳飞的代表作。整首词中表现得悲壮雄浑,气势豪迈,处处表现出他那孤忠激烈、痛饮黄龙的心情,和誓要收复中原、为国雪耻的伟大抱负。

这边岳飞抑郁不得志,为不能乘胜追击而苦恼。那边金兀术屡战屡败,为总是打不赢岳家军而气急败坏。这时,哈密蚩走到金兀术跟前,向他耳语了几句。金兀术立刻转怒为喜。

究竟哈密蚩说了什么话会让金兀术转怒为喜?这几句话又会给岳家军带来怎样的灾难?请看下一回:岳飞完胜连环阵。

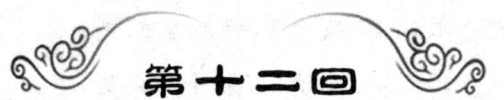

第十二回

岳飞完胜连环阵

金兀术那边又吃了败仗，回到营中大发雷霆，军师哈密蚩见金兀术心情不好，走了过来，说："您又何必这么心烦呢？今天咱们营中来了两位勇士，可帮助咱们破宋军。"

金兀术一听，忙问是谁。哈密蚩说："他们是完木陀赤、完木陀泽二人，以前奉我主的命令训练连环甲马阵，现在已经大功告成了。"金兀术一听大喜，忙找来二人询问细节。完木陀赤、完木陀泽见了金兀术后，针对连环甲马阵型做了详细的介绍。金兀术听完叙述后，决定用这连环甲马阵大破宋军。

完木二人在两军阵前摆开了阵式，一连叫了几天阵，宋军都没有应战。因为赵构下令，要开战，必须有他的同意。因此，岳飞等人只能在中军帐里等圣旨。一连上了三个加急奏折，赵构才同意岳飞出战。

宋军将领董先请求出战，岳飞准令并给了他五千名士兵。董先也是一元猛将，杀得完木二人没有招架之力，几个回合后完木二人边打边退。董先怎能放他们走，完木二人把董先引到营前，这时就听一声号炮响，两名金兵将领左右分开，中间营帐里涌出三千人马来。那些马身上都披着生驼皮甲，马头上都用铁钩铁环连锁着，每三十匹一排。马上的士兵都穿着生牛皮甲，脸上也戴着用牛皮做成的假脸，只露出两只眼睛。这些人中一排弓弩，一排长枪，一共一百排，全都冲了出来。把董先连同五千军士，一齐围住，枪挑箭射。不到一个小时，就把董先和他的五千人马，全都挑死在阵里了。可怜董先浑身上下被扎得和蜂窝煤一样，惨不忍睹。只有几个士兵，拼死逃了出来，不过回到宋军阵营的时候，已经奄奄一息了。岳飞一看，五千大军只剩了不到十人，焦急地问道："董将军和其他人呢？"几个人都哭着把"连环甲马"的事说了一遍。

岳元帅等人满眼垂泪地说："可怜啊，可怜！可怜董先将军就这么送了性命，真是让人心痛啊！可是金贼到底用的是什么阵法，会有这么大的威力？究竟用什么方法才能破解敌阵呢？大家有没有好主意？"全营将士都面面相觑，谁也不知道应该用什么样的方法来破解。

接连几天金兀术都用连环甲马出战，而且屡战屡胜。岳飞一看损失惨重，于是决定闭门不出，任凭金兵叫阵骂阵，就是不应战。气得牛皋在营中直跺脚："奶奶的，缺死德的金兀术，早晚有一天爷爷要跟你算这笔账！"

就在大家都为破解连环甲马而苦恼的时候，军营外来了一个老道，说要见岳飞。守城的将士以为是金兵派来的奸细，没敢放行。老道哈哈大笑，说道："去和你们元帅说，就说贫僧问他莲花缸还有吗？"将士一听，都觉得奇怪，赶紧去禀告岳飞。岳飞听后,先是一愣,突然一拍脑门,吩咐道:"开城门,我要去亲自迎接!"这个老道不是别人,正是当年黄河发大水时,让岳和准备莲花缸逃生的老道。

岳飞把老道接进中军帐里,盛情招待。老道说:"贫道知道元帅遇到了困难,特意来指点迷津的。你只要按照我说的办,就能破了这个阵。"

岳飞拱手一拜,充满感激地说:"如果老仙家能够指点迷津,帮助大宋破解此阵,我岳飞愿意尽牛马之力,报答您的恩情。"老道笑着说:"要破解这个阵并不难,你要准备一些钩连枪。然后让众军士用藤牌护住身体,这样可以使弓弩不能靠近,接着再用钩连枪即可。然后……"老道在岳飞耳边耳语了一番,将破解的办法详细地告诉了岳飞。

岳飞一边听一边不住地点头,命人按老道说的去安排操练。正要打算好好谢谢老道的时候,老道已经大笑着走出了阵营,众人都觉得十分惊奇,再回过来看的时候,老道已经消失得无影无踪了。岳飞叹息着说:"真是天助我大宋啊!"

此时,金兀术坐在帐中,对军师说:"我们大金国有这么多兵马,却不能占领中原。这么旷日持久的作战,对我们来说十分不利啊。不知道军师有什么好的计策,能帮我大金早日夺下大宋的江山?"

哈密蚩说:"殿下不用太担心,虽然岳飞厉害,但是只有他自己不是吗?他势单力薄,又怎么能和咱们抗争呢?况且,朝中我们还有内应,夺下大宋的江山只是朝夕之事啊。不过,现在的岳飞的确有点难对付,他的兵马比较多,而且他比较足智多谋。臣想了很久,觉得可以用这个办法来打败他。"金兀术一听,忙问道:"军师快说,是什么办法?"

哈密蚩说:"你可以派一名亲信偷偷地渡江,直奔临安,以兵力威胁临安。这样的话,狗皇帝赵构一定会召岳飞回去救驾。到那时,我们可以用大兵截断他们的后路,也让他们首尾不能相连。那时,岳飞就是有通天的本领,也改变不了兵败的事实了!"兀术听后大喜,就命亲信鸡眼郎君带领五千名精兵,悄悄地抄水路,朝着临安方向进兵。这鸡眼郎君因为长了一双鸡眼而得名,为人心狠手辣,颇得金兀术的赏识。

而在宋朝中有一个奸臣,名叫王俊,他本是秦桧门下的走狗,给秦桧送了不少好处。秦桧也很给面子的直升他做了都统制,随后又向朝廷进谏,派王俊带领三千名士兵,去朱仙镇送军用粮草。这一天走在路上,王俊恰巧和鸡眼郎君带领的金兵撞了个正着。两人互报了番号后,打在了一起。七八个回合后,鸡眼郎君就占了上风,王俊哪里招架得住,只好调转马头,落荒而逃。鸡眼郎君哪里肯轻易放弃,从后面策马追了过来。

在这危急时刻,忽然看见前面来了一支队伍,原来是牛皋奉命前来催各路缴军粮。牛皋一看有金贼,于是大喊一声:"哎!哪来的金贼,敢在牛爷爷的地盘上撒野?报个名来听听!"鸡眼郎君不屑地说:"我是大金国的鸡眼将军,现在奉命要去围攻临安,识相的就滚开,别耽误我的事!否则,别怪我不客气!"牛皋一听,哈哈大笑:"鸡眼将军?我只知道脚上会长鸡眼,难道脸上也能长鸡眼?快来,让爷爷好好看看。"

手下的士兵哄堂大笑。

鸡眼郎君气得哇哇乱叫,举刀就朝牛皋砍去,牛皋举铜迎战。两个人打了二十多个回合后,鸡眼郎君的刀略一迟疑,被牛皋一铜打中肩膀,翻身掉落马下。牛皋趁势砍了鸡眼郎君的脑袋。那些金兵死的死,伤的伤,四散逃去。

牛皋转身问王俊:"你是谁?"王俊早被眼前的场景吓傻了,好半天才反应过来,说道:"我,我是统制王俊。奉秦丞相的命令押军用粮草去朱仙镇,然后要在那里监督粮草。没想到遇到了这群金贼,幸好遇到了将军,才得以脱险。不知将军尊姓大名,救命之恩,王俊一定要报!"

牛皋一听,原来是狗贼秦桧的同党,早知道就不管他了,想了想说:"我是岳飞岳元帅手下的统制牛皋,奉我家元帅的命令,去各路催缴军粮。正好你来了,麻烦你把这些一起带过去交给元帅吧。我还要去其他地方催缴,催齐了就回去。对了,这还有个狗头,你也一起带回交给元帅吧!"说完领着手下走了。王俊带领士兵护送粮草继续去朱仙镇。这天,王俊等人到了宋军大营,见到岳飞后,说明了来意。并把鸡眼将军的脑袋也给了岳飞,说是在路上遇到了,为保护粮草,交战后砍下来的。至于牛皋中途救援的事情,王俊只字未提。岳飞心想,看来秦桧手下也有能人啊,于是命人准备酒菜,为王俊压惊。到了晚上,王俊向岳飞说了,鸡眼郎君要过河攻打临安的事情。

第二天,孟邦杰、张显、张立、张用等人练的钩连枪已经差不多了,特向岳飞来交令。岳飞听后,高兴地说:"大家辛苦了！董将军的仇我们可以报了。不过你们一定要好好保重，这个阵我们可以不攻，但是大宋不能没有你们！"众人十分感动，纷纷表示一定要破阵才回来。岳飞又叮嘱了一番，让岳云、严成方、张宪、何元庆带领人马五千在外接应。

再说孟邦杰、张显等人到了金军阵前，击鼓叫阵。金兀术一听宋军前来挑战，心里有种不祥的预感，于是亲自来到阵营前。金兀术一看只有四个人前来叫阵，心中十分诧异。张显等人也不通名报姓，直接杀入"连环甲马阵"。进了阵后，就跳下战马，每个人都手持"钩连枪"，用"藤牌"遮住四周，这样弓矢射不到，枪弩不能靠近。几个人都全神贯注地用"钩连枪"钩金兵战马的马腿。金兵马上的骑兵，顺势向下跌，张杰等人用"钩连枪"砍马上掉下来的骑兵。不一会儿，四个人就把"连环甲马阵"打得乱成了一片。马上的士兵不敢接近他们，由于北方的战马身形比较高大，士兵坐在马上根本够不到蹲在地上的张显等人。听到金军阵营中炮响，岳云、张宪从左边杀入，何元庆、严成方从右边杀入，五千精兵一同杀入金兵阵营，金兵根本招架不住。

张立、岳云等得胜收兵回营，岳飞高兴地大摆宴席，犒赏三军将士。

金兀术正等着听完木陀赤弟兄"连环甲马阵"成功的喜讯呢，不想金兵前来报信："岳飞派了四名宋将破了咱们的'连环甲马阵'。我军伤亡惨重！"正说着，完木兄弟二人回来了。金兀术吼道："你们不是说这个阵没有破解的方法吗？为什么他们才四个人就破了咱们的阵？你知道我花了多少心血来训练这些马匹,花了多少时间来训练这些骑兵?现在被八个人打败了,你让我怎么向父王交代?!"完木二人把"藤牌"、"钩连枪"的破解法说了之后,疑惑地说:"当初师父教我们布阵的时候,说了世间没人能破得了此阵。我听说前些天,有个老道去了敌阵,这之后他们才来叫阵,您不觉得这里很蹊跷吗?"金兀术已经没有心思听这些解释,咆哮道:"滚,都给我滚!自己输了就说是神怪帮忙,纯属胡说!如果有,你告诉我,神在哪,仙在哪,为什么不让他们来帮我们?统统给我滚下去!"完木二人吓得赶紧告退。

这时,哈密蚩来了,劝道:"殿下不要生气,他们也不想失败,只能说是道高一尺魔高一丈了。臣还有一个计策,可以帮助打败宋军。这就是我们以前谈到过的'铁浮陀',一旦用了这个阵,宋军必败无疑!"金兀术听了说道:"我不需要空头支票,如果这次再出问题,我要你提头来见我!"哈密蚩连连称是,退了下去。原来这铁浮陀就是通常意义上说的大炮,威力十分大。

牛皋收完军粮后,回营交差:"大哥,我前几天在路上遇到了王俊,我让他把军粮和什么鸡眼郎君的脑袋带回来给你,你收到了没有?"

岳飞问道:"你遇到了王俊?他没有说啊?只说遇到了鸡眼将军,并杀了他。"

牛皋气得说:"好小子,当时还说什么要问爷爷的名字,要报什么救命之恩。奶奶的,掉个腔就不是他了!敢跟爷爷抢功的人还没出世呢!"牛皋让人找来了王俊。牛皋一瞪眼,问道："姓王的,说,那个脑袋是谁摘的?!"

王俊咽了咽口水,说道："牛统制,做人要讲良心,我救了你的命,你怎么反过来抢我的功啊?"

牛皋一听,立刻火冒三丈地说："好孙子,敢跟爷爷来这套!好,你不是说脑袋是你摘的吗,来来来,我脖子上还架着个脑袋,有本事你就摘去,我就把这功给你!否则,就把你的脑袋拿来!"王俊吓得连连后退。

正在这时,门外吵吵嚷嚷,岳飞派人去查看情况。不一会,传事员回来报告说："门外有几百名士兵要求退回军粮,请元帅定夺。"

元帅问道："士兵为什么要退粮?你去找几个人来,我要亲自问问。"

不一会儿进来了十多个士兵,齐齐地跪倒在地："元帅,请您放我们回家种田吧。"

岳飞不解地问道："众将士请起,你们都是跟着我出生入死的弟兄。扪心自问,我岳飞不是不通情达理的人,你们告诉我原因,如果是我岳飞有对不起大家的地方,我绝不拦各位。不过,现在正是国难当头的时候,国家需要你们,我也需要你们,还请你们好好考虑一下。"

一个士兵说道："元帅,你对我们的好,我们都记得。能跟着你出生入死,也是我们的福分,换了跟着其他人,也许早就见阎王了。现在我们也不是无理取闹,最近所发的粮米中,一斗变成了七八升。我们不明白为什么要扣我们的军粮?"众士兵七嘴八舌的响应。

岳飞回头看了一眼王俊。王俊吓得忙用手擦汗，忙说："元帅，这与我无关啊，这粮是钱自明发的。我真的不知道啊！"岳飞一听，驳斥道："胡说！自古以来，典守者不得辞其责。你怎么能把责任全推到钱自明身上！来人，传钱自明！"钱自明来后，扑通跪在地上，说道："元帅在上，我没有克扣粮食啊。都是王大人对我说，粮米一定要减量，不然以后就该不够了。我没有办法，只能听他的！如今他却说是我的主意，元帅明鉴，我跟了元帅这么多年，什么时候出过这样的事啊？您给我一千个胆我也不敢啊！"

岳飞说："第一，你知情不报，为什么不告诉我？第二，你们扰乱了军心！就凭这两点，我就可以杀你！你还有话说吗？"

钱自明知道，岳飞的主意已定，是没有办法更改的。于是摇了摇头。岳飞说："来人，拖出去斩了！"

王俊两腿一软，扑通也跪在了地上。岳飞看了他一眼，说道："王俊，你冒领战功，这是你的第一宗罪；你私扣粮草扰乱军心，本应同钱自明一样的下场。但是念在你是秦丞相派来的，所以要听凭丞相发落！不过，在我这，你死罪可免，活罪难逃！来人，拖出去，重打四十大板！然后，补齐所有军粮，明天就去秦丞相那儿复命。"

牛皋不服地说："元帅，你为什么不杀他？冒军功，克扣军粮，难道还不够死罪么？你竟然放虎归山？"

岳飞摇了摇头说："贤弟，你有所不知啊。他是秦桧派来的，我们不能得罪他啊。秦桧是丞相，如果他向皇上进言不让我们出兵怎么办？况且古话说得好：冤家宜解不宜结，得饶人处且饶人啊!"牛皋听了,心中愤愤不平,辞别岳飞回到了自己的大营。

金兵阵营中,金兀术正因为找不到打败岳家军的方法而苦恼。忽然有人来报,说道:"我主派人送来了'铁浮陀',现在门外等候。"金兀术大喜,传令道:"先推到一边隐藏起来,不要被敌军的探子看到。等到天黑时,推到宋营前去试试威力。岳飞就算是足智多谋,也难逃此难!"说完命人一面整备火药,一面暗点人马,就等着黄昏时放炮。旁边有个叫陆文龙的将领,听到后回营对王佐说:"今天大金国送来了'铁浮陀',说是今晚要打宋营,看起来好像很厉害,你看我们该怎么办?"

王佐说:"宋营怎么能知道呢?我们要暗中送信,好让他们做好准备才行啊。"陆文龙说:"也好!等我射封箭书给岳元帅报个信,这样我们明天就能一起回宋营了,你看怎么样?"王佐十分高兴。看看天色接近黄昏,陆文龙悄悄地出营上马,快到宋营的时候,高喊一声:"宋军听着,我有机密箭书,要速报元帅,不可迟误!"飕的一箭射了出去,随后转马回营。

宋军士兵连忙跑过去拾起地上的箭书,交给报事的。报事的接到箭书后,马上进帐跪下说道:"金贼有一个小将,在黑暗里射下这支箭书,说有机密大事,请元帅速看。"岳飞接了书,将手一挥,报事的退下。岳飞把箭上的信取下,拆开一看,大吃一惊。连忙叫来岳云、张宪吩咐道:"你们两个人带领人马这么办……"二人领了军令,带兵悄悄埋伏去了。岳飞又悄悄地传令给各位将领，让他们保持营帐的原样不变，只把管辖范围内的士兵带出营就可以。大家一起去凤凰山躲避。

到了二更的时候，金营中哈密蚩下令，将"铁浮陀"一齐推到宋营前，放出轰天大炮，直接朝着宋营打去。只见漫天烟火腾空，霎时间山摇地动。众将领在凤凰山看到这个情景时，都在庆幸当时没有在军营，否则一定会四分五裂，死无全尸。岳飞在心底里十分感激王佐。自从上次在洞庭湖战役中被岳飞劝降后，王佐一直希望能为大宋建功立业。因此在岳飞率领几路大军联合攻打金兀术的时候，他不惜自断手臂，取得了金兀术的信任，从而在金营中潜伏下来，为岳飞通风报信。今天倘若没有他和陆文龙的冒死送信，岳家军的六七十万士兵，就将成为金兀术的炮灰。

岳云、张宪带领人马，埋伏在半路上。听到大炮声响过，金兵回营之后，岳云等人借着黑夜的掩护，从口袋里取出铁钉，把火炮的火门钉死，下令将士一齐动手，把"铁浮陀"全都推到了小商河里。接着众人来到凤凰山向岳飞复命。岳飞又命令三军将士回到原来的营地，重新安营扎寨。

金兀术站在金营前，看到宋营方向火光震天，浓烟弥漫，听不到一点喊杀声。回到中军帐对哈密蚩说："太好了，这回终于成功了！"手下众将领全都来到帐中贺喜。金兀术传令伙房大摆宴席，犒赏全军将士，大伙一起喝到天亮。

突然，一个金兵来到帐中报告："王佐和陆文龙带了奶娘连夜出城去了，好像是去投靠宋营了。"金兀术听了，说道：

"无所谓,天要下雨娘要嫁人,随他去吧。"这时,又一个金兵来报:"启禀太子,宋军大营还在,而且旗帜比以前更鲜明了,声势也比以前更大了。"金兀术忙出营观看,果然和金兵报告的丝毫不差。于是下令今天晚上重新再打。不一会儿,金兵回来报告说:"所有的'铁浮陀'全都不见了。"众人忙四处寻找,顺着弹道流出的黑灰痕迹,来到了小商河边,才发现"铁浮陀"一个不少全都在河里,气得金兀术暴跳如雷。众人纷纷上前劝解。

金兀术这才联想到陆文龙和王佐的叛逃,肯定是和"铁浮陀"败阵有关。气得金兀术咬牙切齿地说:"陆文龙,王佐,亏我对你们那么好,你们竟然出卖我!有朝一日,我一定要报此仇!"

哈密蚩谄媚地说:"太子不必担心,一阵不行我们还有另外一阵,我们设下的是连环阵,目的就是让岳家军应接不暇,直到败阵为止。明天我就去摆一个'金龙绞尾阵',让他们自投罗网。"

这天,云南化外国太子李述甫和黑蛮龙前来投奔,金兀术让金兵把二人请进中军帐。金兀术一看李述甫长得一丈二尺高,面色青蓝,头发好像是朱砂色。带着好奇心,金兀术朝着李述甫走去,心想和他比比个。李述甫一见金兀术不停地看他,以为要抓他。还没等金兀术靠近,一个巴掌将金兀术打倒,然后飞快地逃走了。说来也巧,他和黑蛮龙一起逃出来后,误走误撞到巡营回来的岳云。岳云一看,知道两个人都是猛将。于是晓之以理,动之以情,将二人劝降归到岳家军。

又过了半个多月，金营中没有一点动静。岳飞也对士兵的训练计划进行了调整，让将士都能劳逸结合，以便提高爆发力和杀伤力。到了晚上，岳飞悄悄地带着张保出营，来到凤凰山边的密林深处，爬上了一株大树顶偷看金营。果然，营内有百十万人在摆着两条"长蛇阵"，头并头，尾搭尾，所以名叫"金龙绞尾阵"。

岳飞正聚精会神地看着，突然听到"嗖"的一声，连忙回头看，肩膀上已经中了一箭。岳飞"啊"的一声惨叫，掉下了树。张保听见岳飞大叫，忙拔出箭头，扯下战袍的一角，给岳飞包扎伤口，接着把岳飞背回了宋营。岳飞被张保扶到中军帐，吃了牛皋以前留下的救命丹，这才慢慢地缓过神来。然后悄悄地对张保说："你去把戚方叫来，不要让其他人知道。"不一会儿，张保领着戚方来了。

戚方低着头站在岳飞的面前，既不打招呼，也不说话。岳飞压低声音说："戚方！人非草木，孰能无情？当年我带兵下洞庭湖平杨幺的时候，你违抗了我的军令。我按军法从轻地打了你几下。我问你，我打你打错了吗？打屈你了吗？你竟然几次三番地要置我于死地！如果不是牛兄弟的救命丹，也许我早就成了阎王殿上的冤死鬼了。你的心地这么恶毒，我不能再留你了！我给你写封信，你拿着去找临安的后军都督张所，他会给你安排一切！你现在就走吧，如果等到天亮的话，众将不会轻饶你，你的小命恐怕也难保！走吧！"戚方无言以对，只好接了信，叩头谢岳飞的不杀之恩。然后马上

牛皋骑马巡夜图

回营,拿了些银两上路了。

戚方刚骑上马准备出营,迎面碰到了牛皋。牛皋问道:"是谁?"戚方如实说:"是我。"

牛皋又问道:"半夜三更,你不睡觉去哪?"戚方说:"我奉元帅的命令,前去投奔后军都督张老爷,所以出营。如果您不信,这有岳元帅的亲笔书信。"牛皋转念一想,觉得事有蹊跷。联想起刚才在巡营的路上,看他策马加鞭地出了营,接着又慌慌张张地回营。又过了不一会儿,就看见岳飞被张保背了回来。于是呵斥道:"好你个戚方,敢骗你牛爷爷。说元帅怎么了?是不是你干的?"牛皋本来是在诈戚方,不想戚方的回答让牛皋大吃一惊。

究竟戚方是怎么回答的?牛皋和金兀术又会有怎样的故事?请看下一回:牛皋胯下辱兀术。

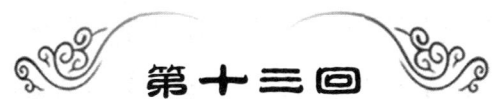

第十三回

 牛皋胯下辱兀术

　　牛皋一想,刚才戚方神秘兮兮的出营去了,不一会儿又看见他从外面慌慌张张地回来。没过多久,岳飞就被张保背了回来。牛皋觉得这件事情肯定和戚方有关,就说:"好你个戚方,敢骗你牛爷爷。说元帅怎么了? 是不是你干的?"牛皋本来是在诈戚方,没想到,戚方的回答让他大吃一惊。

　　戚方不慌不忙地说:"那是我和元帅之间的事情,关你屁事。闪开,元帅让我天亮之前必须到张所那儿报到。误了事,你负得了责吗?"牛皋一听,大怒道:"好小子,翅膀长硬了,敢跟牛爷爷顶嘴。我今天倒要看看,你这张嘴到底禁不禁打!"说着一铜打来。戚方没想到牛皋会动手,一下子被铜打到了脑袋上。顿时,脑髓流出,死在了马上。牛皋从他身上搜出信和银两,割下脑袋,去中军帐见岳飞。岳飞无奈地说:"我忘了今天是你巡营了。他被你打死,也是他命不该活。"牛皋问道:"你为什么让他去投奔张所那个大奸臣?"岳飞便把戚方两次射箭的前后经过说了一遍。牛皋气得说:"这样的人你还不杀他? 万一他在张所那犯点事,你能说得清么? 以前受的冤枉气还不够是不是? 哼,幸好我出手及时杀了这个败类!"岳飞点了点头,虚弱地坐在床上。牛皋一看,连忙说:"好了好了,不说了,你的伤还没好,好好休息吧。我还要去巡夜呢!"说完辞别了岳飞,仍去巡夜。

第二天,岳飞在中军帐召见众将领,把戚方的事说了一遍。众人大吃一惊。紧接着又有士兵来报:"罗纲同郝先逃走了。"岳飞说:"他们看戚方死了,觉得在这立不住脚了。让他们去吧,不要追了。"于是吩咐将戚方的尸首合在一起,埋葬了。

再说金营中,哈密蚩摆好了阵,来向金兀术报告,将整个阵型及准备情况做了详细的介绍。金兀术大喜,马上差人向宋营下战书。快到约定之日时,岳飞请韩世忠等三位元帅来到中军帐商议迎敌的办法。几位元帅将各自的人马合在一起,总共有六十万大军。岳飞请张信元帅带领人马,攻打左边的"长蛇阵",韩世忠元帅和刘琦元帅领兵去打右边的"长蛇阵"。接着,命岳云、严成方、何元庆、余化龙、罗延庆、伍尚志、陆文龙、郑怀、张奎、张宪、张立、张用,从中路突围。众人领命下去准备。

第二天,金营阵中摆着三门轰天火炮,中间夹着六柄铁锤,六条枪,一枚银剪戟,三条钢铁棍。冲进阵来的人,撞着锤,变为肉饼;挨着棍,人仰马翻。哈密蚩在将台上一声号炮响,左右营阵脚开始走动,一点点围拢过来。此时,岳飞已经带领大队人马从左边杀入,举起手中的枪,向金兵挑去。马前的张保,抢动镔铁棒,马后的王横,舞着熟铜棍,好似天神出世一般,杀得左右金兵哭爹喊娘。后边牛皋、吉青、施全、张显、王贵等众英雄，一齐杀入阵来。右边韩世忠手舞长枪，左手边韩彦直，右手边韩彦古，后边苏胜、苏德等众将一齐杀进阵中。金营将台上又是一声号炮，金兵从四面八方围拢过来。那"金龙阵"原本是两条"长蛇阵"化出来的，头尾各有接应，就像是两把剪刀腿一样，一层一层围拢过来。岳飞等人杀了一层，又来一层。金兵金将绵绵不断地涌来，杀不完，砍不尽。

正在宋军和金军杀得昏天黑地、难解难分的时候，突然来了三个年轻人，不由分说地加入了战斗。见着金将就杀，见了金兵就砍。宋军阵营中的人，都不知道三人的来历，只知道是来帮自己的。这三人分别是金门镇的先行官狄雷，岳飞手下孟邦杰的小舅子樊成和岳云的把兄弟关铃。三个人也不管阵头还是阵尾，杀得金兵四处逃散。金兵哪里招架得住，慌忙跑到将台上报告："启禀太子，有三个武功高强的人冲入我军阵营，我军士兵已经抵挡不住了。"金兀术正坐在将台上看军士指挥布阵，听了报告后，立刻把号旗交给哈密蜇，自己提着斧子走下将台，骑上马冲进了阵营。

金兀术杀进阵营后，正好遇到了关铃等三人。金兀术大喝一声："嗨，你们这些不知天高地厚的小杂种，都是从哪冒出来的，敢在我的阵营里撒野。"关铃哈哈一笑："我是梁山好汉关胜的儿子关铃。老杂毛，你是谁？"金兀术一看，关铃虽然年纪小，但是威风凛凛，相貌堂堂，心中不觉多了几分喜爱。语气柔和地说："小娃娃，我是金国的四太子完颜兀术。我看你小小年纪，武艺高强，如果你肯归顺我大金，我就封一个王位给你，让你永享富贵。你看怎么样？"关铃一听，大笑道："原来你就是金兀术！看来我的好运到了。说吧，你是自己和我回营，还是想让我提着你的脑袋回营？"金兀术一听，气得脸都绿了："呸，你个小畜生，敬酒不吃吃罚酒！"说完，抢起金雀斧就砸。关铃举起青龙偃月刀，用力一架，拨开了金兀术的大斧。两人战了十多回，都没分出胜负。这下惹恼了旁边的狄雷和樊成，两人一个举枪，一个提锤，纷纷加入战斗。

三个年轻人，犹如猛虎下山一般，不停地向金兀术进攻。金兀术只有招架的力，根本没有还手的力，打得两肩酸麻，浑身流汗，只得掉转马头撤退。金兀术一边逃，又害怕关铃三人乱了阵势，只好绕着阵跑。金兵一看主帅在前跑，都怕伤到金兀术，于是纷纷避让。刚退下去，又被关铃等三人冲得人仰马翻。好好的一个"金龙阵"就这么被冲得七零八落。

宋军中在阵里杀敌的几位元帅，一看敌军阵型已乱，立刻指挥手下的众将士四处追杀。关铃正杀得来劲，突然在人群中看到了岳云，高兴地大喊："岳大哥，我来了。"岳云这才知道原来奋勇杀敌的外援是关铃，心里十分高兴，说道："好兄弟，你来得太及时了。快帮我多杀些金贼！"樊成挥动着手中的鏊金枪，一枪一个，正杀得高兴，突然遇到了孟邦杰，忙喊："姐夫，我来了！"孟邦杰看到樊成后，高兴地说："好兄弟，来得好！快立些战功，让岳元帅和你姐姐都高兴高兴。"狄雷左右冲杀，闯进了金营中，恰巧遇到了岳飞，便高声喊道："岳元帅，小将狄雷上次在金门镇冒犯了您，今天特来立功赎罪!"岳飞说:"不知者不怪,狄将军多杀些金贼,为国立功,加官晋爵才是!"狄雷听后,立刻精神抖擞,更加英勇。

岳飞、严成方、何元庆、狄雷等使着金、银、铁锤,一起一落,或是金光灿灿,或是寒光凛凛,好一个"八锤大闹朱仙镇"。杀得那些金兵尸体堆积如山,血流成河!

金兀术一看形势不好,就开始寻找机会逃跑。其他金营的将领一看"金龙阵"已经被破,纷纷逃窜。这时,金兀术已经逃到了金牛岭。金牛岭地势险要,山峦起伏,陡壁丛生。哈密蚩对金兀术说:"太子,这里不能骑马,只能是徒手抓着藤条才能上去。我们这些人马怎么过得去啊?"

金兀术跳下马,上前一看,果然很危险。想要掉头回去重新找路,又听见后面的喊杀声震天,宋军的大队人马,说话间就能来到眼前。金兀术仰天大哭:"难道真的是老天要灭我大金?我用了那么多阵,费了那么多的心血,如今却落了个走投无路的下场!我还有什么面目见众将领!只有以死谢罪。"说着,撩起衣角就要往崖壁上撞。哈密蚩连忙抱住金兀术:"太子,胜败乃兵家常事,您不能这么轻生啊!留得青山在,不怕没柴烧啊!"

金兀术一摆手,挣脱了哈密蚩,悲伤地说:"别劝了,我的主意已定,你们回去好好辅佐我父王,有朝一日,大金占领整个大宋之时,记得来看我一眼就行了!"说着一头撞在了石壁上,顿时鲜血如注。众人吓得不知所措,后面宋军的喊杀声越来越近,哈密蚩一狠心,带领众将领撤走了。

不知过了多久,金兀术睁开眼一看,自己已经身在宋营了，周身被绑上了绳索。原来，宋军赶到金牛岭时，只看到金兀术满头满脸都是血，躺在地上。岳云原本以为他死了，可是过去一摸，发现还有呼吸，就命人把他捆起来，带回了宋营。回到宋营后，又找随营的医生，简单地包扎了一下伤口。

金兀术一看自己没死，岳云又正坐在自己的对面，心里不禁开始害怕。岳云一看金兀术的样子，哈哈大笑，说："金狗，你也有今天。我问你，你是投降还是不投降？"

金兀术长叹了一声，说道："岳云，古语说得好，士可杀不可辱。今天我金兀术败在你的手里，要杀要剐随你便！虽然你们现在赢了，可是别忘了，这都是我们大金的功劳。如果没有王佐、陆文龙给你们通风报信，早在凤凰山，我就赢了。今天如果没有关铃三人从旁协助，你们能这么轻易地取胜吗？今天我是输了，但我输得心不平，气不服，你们赢得不光彩。更何况，如果我不是自己撞了石崖，凭你们的本事，你能抓得到我吗？"岳云听了，不怒反倒笑了，说："好个金狗，嘴皮子还挺厉害！没错，凤凰山一战，是王佐、陆文龙给我大宋送了信。今天的战场上，关铃等人也的确杀了不少金兵！你说不公平，不服气，那我就给你讲讲，让你心服口服！首先，你们抓了我们两位皇帝和众大臣。其次你们进攻中原，奸淫掳掠，无恶不作，天理不容！你们一面收买大宋的权臣，让他们议和；一面又来侵犯我大好河山！幸亏我们元帅能知人善用，用人不疑！吸引了无数的英雄志士，为国尽忠，鞠躬尽瘁！这是人心向背，大势所趋！现在你还有什么不服吗？！"

金兀术想寻找机会脱身，眼珠一转，计上心头："岳公子，我知道你向来英勇善战,是不可多得的人才。我个人十分钦佩你和你父亲的军事才能!如今我落入你们手中,死而无憾。只不过,如果我死了,我父王一定会伤心,从而迁怒于整个大宋,到时候,还会伤及很多无辜的百姓。而你们岳家军也会留下落井下石的骂名。不如,你们放我回去,我回去和我父王建议,重新修订议和条款,保证永世不再进攻大宋。如果可以的话,我也可以建议父王,让他送回大宋的皇帝和群臣。你看怎么样?"

岳云一听,说道:"呸,金狗,我还不知道你的葫芦里卖的是什么药吗?败军之将有什么资格在这里谈条件?你就不要在这装模作样了!等着受死吧!"于是命人二十四小时看着金兀术。金兀术一看计谋被识破,低下了头。

来到中军帐,岳云把与金兀术的对话,一字不落地告诉了岳飞。岳飞想了想,说道:"金兀术虽然是为了逃脱罪责说的这些话,但是他说的后果还是没错的。一旦我们杀了他,金邦国王肯定会来兴师问罪,到时,皇上会怪我们没有事先上报。搞不好,韩元帅等都会被牵连。所以我们还得给皇上写奏折,听朝廷的安排。你传我的命令,任何人不许伤金兀术一根汗毛,违者军法处置!"岳云虽然心里不服气,但是仍然领命下去了。

第二天一大早,牛皋趁守卫不注意,偷偷地溜进了金兀术的牢房。看到金兀术后,牛皋高兴地说:"真是三十年河东,三十年河西啊,没想到你也有今天!"说着,牛皋走到金兀术跟前,一把揪起金兀术的衣领,"咣咣"扇了两个大嘴巴。

金兀术原本就撞得头昏脑涨，被牛皋这两巴掌扇得更是满眼冒金星。好在金兀术也是见过大世面的人，头虽然昏，心里却很清楚，辩解道："你是谁？有什么资格打我？"牛皋说："金狗，还不知道爷爷是谁？好，爷爷让你死个明白。我是岳飞手下的统制牛皋。"金兀术一听，来人是牛皋，三魂已经吓飞了两个半。早在金营的时候，金兀术就听哈密蚩说过，岳飞有个把兄弟叫牛皋，是个"虎将"，虽然勇猛，但是坏点子很多，遇到他的敌人，不是缺胳膊断腿，就是被活活折磨死。虽然不是元帅，但是岳飞也拿他没办法。如果和他讲理，绝对是问东答西，你说棒子他说鸡的主。

一想到这些，金兀术心里就开始打怵，头上开始冒虚汗。突然，金兀术想到了一计，于是故意刺激牛皋："哼，我当是谁呢，原来是虎将牛皋啊。"牛皋不解地问："谁说我是虎将？为什么这么叫？"金兀术故意卖关子说："谁说的我不能告诉你，我只能告诉你，在我们北方话里，虎就是二百五，傻瓜的意思。听说你打仗只会投机取巧，根本没有什么真本事，只不过仗着是岳飞的把兄弟，狐假虎威罢了。"牛皋气得暴跳如雷，说："金狗，今天你要是不说清楚，我就让你满地找牙。"金兀术不慌不忙地说："不用说就已经很明显了，你绑着我，当然你想怎么样就怎么样了。如果你肯把我松开，咱们到外面真刀真枪地比试比试，我才能告诉你是谁说的。"

牛皋想了想，说："好，金狗，你要是敢和爷爷耍心眼，爷爷让你吃不了兜着走。"说着，就给金兀术松了邦，带到了营帐旁边的树林里。牛皋找来金兀术的大斧，自己拿上双锏，两个人上马开战。金兀术原本以为牛皋真的没有什么本事，没想到几个回合下来，金兀术就被震得左臂疼痛，只能用右手举斧招架。牛皋用单手接住斧柄，另一只手扔了锏。双手过来抢金兀术的大斧。就这么你一拉我一扯，打起了拉锯战。金兀术身宽体胖，加上头上的伤还没有好，被牛皋用力一拽，从马上掉了下来。由于惯性的作用，牛皋也被甩下了马。说来也巧，牛皋这一跌，恰巧骑到了金兀术的背上。牛皋乐得哈哈大笑："我牛皋也能这么有福气啊，堂堂大金国的四太子，竟然心甘情愿地给我做马，哎哟，还蛮舒服的啊！"说着故意挪了挪屁股，压得金兀术起不来。金兀术气得扭过脖子，看着牛皋，怒吼道："气死我了！快滚下去！"金兀术一边喊，一边往后缩，希望能摆脱牛皋。牛皋却偏不让他得逞，紧紧地贴在金兀术的身上。

就在这时，岳云带领众人来到了树林里。一看，金兀术趴在地上，牛皋骑在他的身上，样子十分滑稽。岳云没有制止，只是在旁边看着。随行的宋军士兵指手画脚，都偷着笑。原来守卫的士兵看到牛皋把金兀术带走了，谁也不敢拦，只好偷偷地向岳飞报告。岳飞怕牛皋做出鲁莽之事，又不好出面，只好找来岳云，交代一番，让岳云去把金兀术带回来。

岳云看牛皋也戏耍够了，就对牛皋说："牛叔，我奉我爹之命，来请您去商议重要事情。不知您现在能不能和我去一趟？"牛皋一听，知道这是岳云在劝自己，也就顺着岳云的话说："行，难得金国四太子愿意当我的坐骑，我本想多坐一会儿，既然元帅找我商议重要事情，那我就勉为其难地去一趟吧。"说着慢吞吞地从金兀术身上下来。岳云忙命人将金兀术捆绑起来，押回大牢。

晚上，牛皋又来到大牢看金兀术。金兀术见了牛皋，恨得牙痒痒，却又无可奈何，假装睡着了，闭着眼睛不看他。牛皋也不管金兀术看不看他，自己拿着酒，坐在金兀术对面，边喝边说："你不是说我是二百五，是傻子吗？今天你服不服？"金兀术也不说话。牛皋接着说："你以为你不说话我就拿你没办法了？告诉你，我马上就要带领大军去攻打大金国了。你们不是厉害吗，你牛爷爷就让你看看，什么是厉害！"金兀术一听要攻打大金，立刻睁开眼睛看着牛皋："你这话当真？"牛皋说："元帅今天让我回去商议大事，就是商量攻打金国的事！就算你有天兵天将也没有用了，我们在你们金营中还有眼线呢，你杀得了一个，杀不了十个。"金兀术不知道牛皋是在吓唬他，以为说的是真的，不知道该怎么办好。

话分两头说，那天哈密蚩狠心地带领众将领回营，走了一小段后，哈密蚩实在不忍心扔下金兀术，于是让副将带领众人继续前行，自己回去找金兀术的尸首。哈密蚩刚走到金牛岭，就看到岳云绑着金兀术走了。于是暗中跟着，一直到岳云进了宋营，也不知道金兀术是生是死。到了晚上，哈密蚩找了个机会，杀了守城的士兵，换上宋军的服装，混到了宋军的大营。因为宋军的大营中，不仅有岳飞的军队，还有其他几位元帅的军队，人数众多，彼此之间还不是完全地熟悉，这才让他有了可乘之机。经过一番打听，终于打听到了关押金兀术大牢的具体位置。

第二天,哈密蚩一大早来到了大牢,没想到被牛皋抢先了一步。在小树林里,哈密蚩看到牛皋骑着金兀术时,刚要去救金兀术,就看岳云带领众人过来,叫走了牛皋,押走了金兀术。哈密蚩没有办法,跟着回去,重新再想办法。晚上,哈密蚩又偷偷地来到了大牢,看见牛皋坐在金兀术对面喝酒。金兀术这才发现哈密蚩来了,心中十分高兴。这时,牛皋已经喝了三斤酒,趴在桌上睡着了。

哈密蚩一看有机可乘,对守卫的士兵说:"我是牛将军的贴身士兵,现在他喝多了,我来接他回营。"守卫一看,觉得眼前的人虽然有点奇怪,但是官气十足。以前岳飞手下也有投奔过来的将士,其中也有金国人。所以守卫没敢多问,就把牢门打开了。哈密蚩趁机杀了守卫,把他的衣服脱下来,给金兀术穿上。并把金兀术的衣服给守卫的尸体换上。于是和金兀术扶着牛皋往外走,边走边假装对守卫说:"哎,搭把手,牛将军喝多了,帮我把他送回营。"

三人来到牛皋的营门口,对守卫说:"牛将军喝多了,我们特地从牢房给他送回来了,你们好好伺候一下。"其实,金兀术想把牛皋带走,好出出今天受的恶气,但又一想,牛皋的目标太大,恐怕不能带走。而且以他和哈密蚩两人的武功来说,想打赢牛皋是不可能的。因此只好放了牛皋,自己逃命。

究竟金兀术能不能顺利的逃回大金国?遭到羞辱的金兀术,又会以怎样的形式来报复呢?请看下一回:忠君难抵金牌令。

第十四回

忠君难抵金牌令

哈密蚩和金兀术不敢走正营的营门,只好从侧面的小狗洞爬了出去。一路上两人不停地跑,终于跑到了金牛岭,哈密蚩找到了马匹,骑上马没命似的逃回了金营。

那时,金营中正乱成了一锅粥,吴乞买一听金兀术死在了金牛岭,伤心地大哭起来,发誓要攻下大宋。可是金兀术的生母却悲伤地说:"大王,你究竟想要什么啊?我们现在有儿有女,国运昌隆,百姓安居乐业,这样的生活不是很好吗?我们为什么要打仗?我已经失去了兀术,中年丧子的悲伤,你能理解吗?你的眼中除了大宋,就是江山,难道还有什么是比儿子更重要的吗?"吴乞买生气地说:"妇人之见!如果没有江山,没有社稷,我拿什么来保证你们锦衣玉食的生活?儿子?死了一个儿子,我还有一个儿子,哪怕是我的儿子都死光了,我也要完成先辈留下的遗愿!你回吧,我现在很乱,我需要安静!"话音未落,就听传令兵高喊:"四太子回来了!"整个金营上下群情激动。

金兀术和哈密蚩见到吴乞买后,扑通一声跪在了地上,泣不成声地说:"父王,我以为自己再也见不到你了!"于是,金兀术将事情的经过全都告诉了吴乞买。特别是牛皋胯下之辱,金兀术也如实地告诉了吴乞买。听得吴乞买是眼泪长流:"儿啊,你受苦了!"

金兀术说:"父王,请您答应孩儿一件事,一定要为孩儿雪洗前耻!"吴乞买说道:"儿啊,你也看到了,不是父王不愿答应你。只是从现在的形势来看,没有人能打得赢岳家军。你看你和哈密蚩用了那么多的阵,最后不但没有毁掉岳家军,还差点丢掉了自己的性命。你母后怪我心狠,只认江山不认儿子。其实,可怜天下父母心啊!"

金兀术发狠地说:"父王,此仇不报,我誓不为人!"

吴乞买无奈地说:"儿啊,你还有什么办法可以报仇吗?"

金兀术说:"父王,我在逃回来的路上,想到了一个人。养兵千日,用在一时。我们可以找秦桧,让他来帮我们。我们可以……"

吴乞买听后,高兴地说:"好,就按你说的办!"金兀术领命下去准备。

宋军中发现金兀术逃跑,已经是第二天吃早饭的时候了。送饭的士兵,发现守卫不见了,连忙打开牢门一看,才发现金兀术不见了,吓得赶紧跑到中军帐向岳飞报告。

岳飞听到消息后,立刻询问事情的经过,一问才知道,是牛皋最后见到金兀术的。这边牛皋还没醒酒,就被岳飞叫起来问话。牛皋这才知道金兀术趁机逃跑了,懊悔得直想以死谢罪。岳飞叹了口气,说道:"天要帮他,没有办法。你也不要自责了,以后这样的错误不要再犯了!"说完,转身回营了。

金兀术将写好的信交给哈密蚩，吩咐说："你偷偷地去一趟临安，找个机会去看看秦桧。让他找个机会把岳飞除了，这样我们既可以报了先前的仇，也可以轻而易举地扫除一个大碍。"金兀术在写好的信外面用黄蜡包上，做成了一个蜡丸，递给了哈密蚩，说："你进中原一定要小心。估计现在岳飞已经知道咱们逃走的事情了，肯定会加紧兵力搜寻咱们的踪迹。所以你一定要小心，我们大金国能不能成功，就看这一次了！军师，你也要多保重啊！"

哈密蚩把蜡丸放好，又按照金兀术的安排，打扮成了汴京人模样，悄悄地进了临安。

这一天，哈密蚩打听到秦桧和夫人王氏要去西湖上游玩，也跟着来到西湖。秦桧正在苏堤边泊下坐船和夫人对坐饮酒，观山看水。哈密蚩高声喊："卖蜡丸，卖蜡丸！"哈密蚩就在岸上来来回回地叫着。王氏正看着风景，听卖蜡丸的不停地叫，就往岸上看，接着叫道："相公，这不是金国的哈密蚩军师吗？"秦桧也往上看，说道："对，对，就是哈密蚩军师。"于是吩咐家人把哈密蚩请到船上来。秦桧问道："你卖的是什么蜡丸？可医得了我的心病？"哈密蚩说："我这蜡丸专治的是心病，而且有妙方在里面。有病要早点治，否则晚了就治不好了。"秦桧让家人赏了他十两银子。哈密蚩会意地点点头，领赏谢恩，径自走了。

哈密蚩走后，秦桧和王氏也连忙回府。回到家后，两个人把书房的门窗关严，清退了所有人。秦桧把蜡丸剖开一看，是兀术亲笔写的信。兀术让秦桧找机会害死岳飞，如果得了宋朝天下,情愿和秦桧平分天下。秦桧把信交给王氏,问王氏该怎么办。王氏说:"你是一朝丞相,这点小事还办不了吗?我问你,如果太子不逃回去的话,金兵会怎样?"

秦桧被问住了,不知道该怎么办。王氏接着说:"如果抓住了四太子,那么徽宗皇帝就会被换回来,你说,当今圣上会同意吗?再说了,四太子如果在岳飞那儿真有什么闪失,金主会坐以待毙吗?肯定会兴兵来攻打大宋。到时候,皇上肯定会怪罪咱们。你说对不对?"

秦桧一听,觉得王氏说的也很有道理,忙说:"夫人言之有理,那我们该怎么办呢?上次我去建议议和,结果遭到了很多大臣的反对,皇上不也革了我的职吗?这次如果议和不成功的话,那咱们在仕途上可就永无翻身之日了。"

王氏笑着说:"说你笨,你还真笨。我们只要去控制岳飞就好了,掐住他的命脉,一切不就都解决了吗?岳飞不是正催军粮嘛,我们不如扣住粮草,拖些时候再发,就说皇上要和金国议和,让岳飞收兵回来,暂时回朱仙镇。然后咱们再想办法,只要岳飞离开军营,咱们就成功了一半。那时,岳飞不过就是我们手中的一只蚂蚁,想死想活全凭咱们高兴不高兴啊!"

秦桧高兴地说:"贤妻啊,你真是聪颖过人啊。我秦桧能娶到你这样的妻子,是我三生修来的福分啊!"两人在房里为自己想出的好办法而扬扬得意。

岳飞正和各家元帅在营中商量如何作战,直捣黄龙府。可是左等粮草不来,右等粮草不来,也不知是什么原因。正

赵构测字图

想派人再去催粮,好进攻北部金兵的老窝。皇上突然下圣旨,要岳飞班师回朝,暂时先在朱仙镇休息一下,等着秋粮收足了,再商量发兵的事。

岳飞送走了钦差,回到营中坐下。韩世忠说:"我们用十万之兵,破了金军百万,每一战都是将士们用血泪换来的,没想到今天马上就要成功了,可是朝廷不但不发粮草,而且又召我们回朱仙镇,这不是功亏一篑吗?我想可能是皇上身边又出现了小人。一定是朝中出了奸臣,怕我们立下大功,才想方设法地阻挠我们。元帅你可千万要想好了,不能轻易就把军队撤回啊!你知道吗,皇上曾给我讲过一件事:皇上自幼聪颖过人,有一天,皇上去宫外玩,看到一个测字的老先生,非要免费给皇上算。皇上拗不过,只好写了一个'春'字。测字先生一看,立刻给皇上跪下了,说皇上是帝王之相,他日必成就大事业。不过,皇上必须提防他身边的一个人,就是春字去日。那时皇上只是当作听笑话好玩,可是现在我觉得这个人出现了。"

岳飞一愣:"出现了,在哪?"韩世忠说:"岳元帅你想,秦桧姓什么,它与春字都是一个头啊。这你还不明白吗?朝廷中知道这件事情的人太多了,只是大家都不敢说而已。"岳飞想了想说:"自古以来,君要臣死,臣不得不死。谁让他是君我是臣呢。现在皇上要召回我们,我们做臣子的怎么能为了自己立功,而弃皇上的尊严于不顾呢?违抗圣旨是违法的。"

韩世忠又说:"自古将在外,君命有所不受。如今金军的锐气已经被我们打光了,我军一鼓作气,一定能够恢复中原,救回二圣。按我的意思，不如我们一面向朝中催要粮草，一面接着发兵，一直打到黄龙府，灭了大金国，迎回二圣回朝。然后再回去，将功折罪，那不是更好吗？"

岳飞说："众位元帅有所不知，我当年因为在科举场上枪挑小梁王柴桂，幸好被宗泽大人藏在了府里，逃过了一劫。又赶上年头不太平，盗贼四起。有洞庭湖杨幺派王佐用重金来聘我，我没有去。当时我已经说明我生是大宋人，死是大宋鬼。我母亲恐怕我一时失足，做出背叛大宋的事，在我的背上刺了'精忠报国'四个大字，所以不管哪方面说，我一生只图尽忠。只要是朝廷的圣旨，先不要问是不是奸臣弄权，我都要依旨行事，大家就不要多说了，我主意已定，先回朱仙镇吧。"

大家一看元帅主意已经定下了，也就不再多说了。岳飞于是传令拔寨起营。一声炮响，十三处人马分成了五队，浩浩荡荡地回了朱仙镇。依旧扎下十三座营头，各自操练兵马，一刻也没有放松过，只等着秋收后，备足了粮草再向金军进兵。

岳飞安排了这些后又把岳云叫过来，暗暗吩咐道："现在奸臣在朝中弄权，一味地主张议和。朝廷上皇上听信奸臣的话，希望躲在杭州，根本没有要发兵的意思，也不知道这种情况要持续到什么时候。你先和张宪回家去，看看母亲，尽尽孝心，再教给兄弟们一些武艺。如果有用到你的地方再叫你来。"

岳云和张宪两个人领了命令，拜别了岳飞，来和关铃道别,岳云说:"以前贤弟给我的宝马,我非常喜欢,只是现在我爹让我回家乡去看奶奶和我娘,这马我一时也用不上,今天就让它先回到老主人的身边吧。我这次回到家乡,要等到开战的时候才能回来。如果将来再打金兵的话,我们还会有见面的时候,到那时你再把宝马给我吧,现在就请贤弟替我照顾好它。"关铃只得收下了赤兔马,依依不舍地送他们二人离开,送了十多里外才回来。岳云和张宪二人,一起回家乡去了。

这一天,岳飞同众元帅坐在一起谈论军中的事情,忽然叫了一声:"张保何在?"张保应声说:"是!小人在此,元帅有何吩咐?"岳飞对着众将军说:"这个张保,曾经是李太师的家丁,李太师把他送给我做个心腹。这些年,他跟着我出生入死,转战沙场,将军们也知道他立过不少战功。如今皇上给了我一个任命官职的权利,我想让他到濠梁去做个总兵,大家觉得怎么样啊?"

众将军说:"元帅怎么这么客气?张将军在军营中不知立了多少大功,别说是个小小的总兵,再大些也是应该的啊。"于是岳飞取过来一道札付,写上姓名,就交给张保说:"你回去带上家眷,抓紧时间去上任吧。"

张保说:"我不愿意做官,要做也要在元帅身边做。否则,张保宁愿不要官职,也要在这里跟随元帅。"岳飞说:"雁过留声,人过留名,这是多少年来的老话。人生在世,不说做出轰轰烈烈的大事,至少当个一官半职,也算是对得起祖上。更何况,堂堂七尺汉子不图个功名,也要图个建功立业,这才是男子汉。你去吧，不要再多说了！"张保见岳飞主意已定，扑通跪了下来哽咽着说："元帅不要生气，我去就是了，只是我还有个小小的请求：如果我做总兵做的不称职，我还想回来跟着元帅，请元帅务必答应我，到时候别赶我走。"岳飞动情地说："我岳飞十分感激你对我的这片赤胆忠心，所以，你千万不能辜负我对你的一片苦心啊！为国做事，只有鞠躬尽瘁、死而后已，如果玩忽职守的话，那我会第一个去抓你！我相信只要你尽心尽力地为国家做事，哪会有做不好的事？"张保给岳飞磕了三个头，才依依不舍地跟岳飞告辞，又拜别了众位将军，起身出营回家去了。

岳飞接着点将，叫了声："王横。"王横跪下说："元帅有什么吩咐？"岳飞说："我也想叫你去做个总兵，你愿意不愿意啊？"王横连忙叩头说道："哎呀！元帅你也知道的，我是个粗人，让我自己打仗还行，让我去领兵，我做不好。我只知道跟着元帅您，不知道做什么总兵总将的。要是让小人去做官，我情愿就在元帅跟前自尽了，也比日后丢您的脸强！"岳飞只好说："好吧，既然如此，那就算了吧！"王横谢了元帅，起来站在了一边。众将军说："难得元帅手下都是忠义之人，所以金兀术才会屡战屡败。"岳飞也不住地点头。

正说着，忽然听到有士兵报告说皇上派人来传圣旨了。众将军和岳飞一起跪下接旨，天使官宣读了圣旨。圣旨的大意是让岳元帅暂时在朱仙镇屯田养马；其他将军或节度使暂时回原来的地方，等军粮凑足了再听调遣。众元帅谢了恩，送走了天使官。大家都不明白朝廷是什么意思，不过既然圣旨下了,就只得听皇上的调遣。于是回营中养马三日,韩元帅、张元帅、刘元帅,还有各镇总兵、节度使都到了大营,与岳飞作别,纷纷拔寨起身,各回各的军营。

再说岳飞在朱仙镇上终日操练兵马,又命令军士耕种米麦,备足了粮草,只等皇帝下旨进攻金国。一天一天地等,一天一天的盼,眼看着冬去春来,夏至秋来,一年已经过去了一多半。一天,岳飞闲坐在帐中,研读兵书,忽然听说来传圣旨了。岳飞连忙迎接圣旨,大意是说我军粮饷不足,不能和敌人长久作战,各地大军已经撤回,金人已经答应还我失地,送还两位皇帝,于是命令岳飞即日班师回朝不许开战,不许违诏。

岳飞看出诏旨暗示各路宋军全撤,使岳飞孤立,而且还要切断他的粮饷供应。如果再违抗圣命,估计是要以叛逆罪来定罪,不禁慨叹地说:"我辛辛苦苦带着手下的将士,在沙场上苦战十年,眼看着就要打胜仗了,皇上却要我班师回朝,我怎么向跟着我苦战这么多年的将士们说啊!十年苦战的心血,难道就这样毁于一旦了吗?"天使官只是把诏旨宣读,一句话也不多说,便告辞而去。

岳飞刚忍住悲愤把天使官送走,还没回过神来,就见远处扬起一片尘土,有二十多匹快马飞驰而来。临近一看,其中一人是神武(禁军)军统制,手举一面金牌,带着二十名盔甲鲜明的校尉,一起骑着快马,像一窝蜂一样飞驰而来,同声呼喝:"岳飞速接金牌诏旨!"

在宋朝时,这类金牌上有"如朕亲临"的词句,轻易是不会发的。按照惯例随行的校尉都是带着刑具枷锁,无论文武大臣,稍有违抗,就可以把他当时斩首,或是抓起来问罪。即使来人杀错了,皇上也不会怪罪,因此接牌人的死活全凭来人的一句话,没有丝毫商量的余地。

岳飞刚听来人面传圣旨,将金牌接过。前面尘土又起,又是一员统制带着二十名校尉,捧了金牌飞驰而来,除了逼岳飞班师外,别无话说。总算昏君奸贼还有顾虑,来人只是虚张声势,并没有带着刑具,校尉的刀也没有亮出,只在营外喊了一阵,说"圣意已定,元帅三思",就相继纵马跑回去了。

岳飞和众将自然万分愤慨。刚一起回到营内,还没说上几句话,第三道金牌又到了。来人还是重复刚才那一套,说完就走,片刻也不停留。岳飞二次回营,还未坐定,王横报告,朝廷不知发了多少道金牌诏旨,接着还要来。岳飞见众将都是满面怒容,有的恨不能把金牌打碎,忙劝道:"大家不要发火,皇帝这么做肯定是有原因的。我们绝不能鲁莽行事!先接完皇上的金牌令,然后我们再商量解决的办法,不到万不得已,谁都不许动手。我们的血要流只能流在疆场上,绝不能白流!我们还是按照原来的计划办吧。"

话未说完,王横来报,第四道金牌相隔只有二里之遥。岳飞想了一想,命在营外设下香案接旨,索性接完金牌再说。刚率众将走到营外,遥望前面果然又来了好几起,都是一员统制带领二十名校尉,一队接一队走马灯似的飞驰而来。接旨时,双方问答都和先前一样,当下又连接了四道金牌,等接过金牌,送往里面供起,一面金牌还没摆完,接着又有金牌相继而来。

就在这短短的一天之内，赵构先后下了十二道金牌。最后的三道金牌，校尉还带了刑具和刀斧手。不过来人都害怕岳飞和岳飞手下将士的英勇，虽然摆出一副耀武扬威的样子，不过都是虚张声势而已。一传完诏旨，交过金牌后，就立刻回去，谁也不敢多说一句话，生怕惹恼了牛皋，死无全尸。

岳飞接完金牌，已经是深夜了。不用说商量办法，连饭都没顾得上吃一口。一想到十年来的艰苦征程，费了无数的军资民力，十年苦战的心血就要毁于一旦，心中万分悲痛，忙召集众将商量。牛皋、王贵等大将都说："'将在外，君命有所不受！'，不管皇帝老儿怎么说，咱们先把中原收复，夺回燕云，再向朝廷请罪，到时候，就是让我们死，我们也是死而无怨。"

岳飞只听众人说话，时而低头沉思，时而来回徘徊，很少说话，忽然慨叹道："朝廷既然连续发下十二道金牌，看来皇上是下定决心了。如果我们不听命，违抗圣旨的话，不但军粮武器没有着落，甚至还要以叛逆的罪名加在我们身上。我岳飞死而无怨，可是众位将军怎么办，你们的妻儿老小怎么办？让我岳飞为了一人的功名，置你们的性命于不顾，我做不到！"

岳飞对施全、牛皋说道："二位贤弟，我把帅印交给你们了，暂时替我执掌中营。这是大事，要严格按我立下的规矩办事，千万不能放纵士兵扰害民间，也不枉你我结拜一场！"说完，就把帅印交出，二人只好点头答应收下帅印。岳飞又点了四名家将，同王横一起回朝廷。众将士一齐出了大营跪送岳飞等人回朝。岳飞好言相劝，劝了半天，才上马前行。

岳飞刚走到镇里，就看到朱仙镇上的居民百姓，一路携老携幼，头顶香盘，挨挨挤挤，众口同声地挽留岳元帅，哭声响天震地。岳飞见百姓这样拥护爱戴自己，禁不住流下了激动的眼泪，对着众百姓说："乡亲们不要这样！圣上连发十二道金牌急召我，我怎么敢违抗君命！而且过一阵我就回来了，扫清金兵，大家就能过上太平的日子了。"众百姓无奈，没一个不悲悲楚楚，只得闪出路，让岳飞等人过去。众将也送了一程，岳飞说："各位将军，也都请回吧！"众将都各自洒泪挥别，直到看不见岳飞，才各自回营。

岳飞和王横带着四名家将，离开了朱仙镇，往临安进发。走了两天，岳飞等人来到瓜州地方，早有驿官前来迎接。到了官厅坐下，驿官上前禀告说："岳将军，这几天扬子江上风狂浪大，而且天色也晚了，岳将军就留在驿中休息一下吧。等明天风平浪静了，下官再准备船只，送元帅过江吧。"岳飞说："既然如此，那就先在这里住下再说吧。"驿官连忙去准备夜膳。岳飞等人吃完饭，回到上房安歇。王横和四名家将，在外厢房里休息。

岳飞心里有事躺在床上，辗转反复也睡不着，总是心神恍惚，有一种不祥的预感。想着想着，岳飞觉得自己好像睡着了，又好像清醒着，起身开门一看，只看见一片荒郊在朦胧月色的映衬下，显得格外的阴气袭人。走向前去，只看两只黑犬，正对着讲话。又看见两个人光着膀子，站在旁边。岳飞心想:"真是奇怪!狗畜生竟然会说人话?"正觉得奇怪,忽然看见扬子江中狂风大作,白浪滔天,从江中钻出一个怪物,这个怪物长得像龙又不是龙,朝着岳飞就扑了过来。岳飞大吃一惊,一下子坐了起来。吓得出了一身冷汗,原来是一个梦。侧着耳朵听时,谯楼上正在打三鼓,心想:"这个梦好奇怪啊。"躺在床上岳飞不停地回想刚才的梦中情景。忽然想起韩世忠曾经说过,在瓜洲的金山寺里有个名叫道悦的和尚,据说是位得道高僧,岳飞萌发了想去解梦的想法。主意已定,心绪平缓了些,翻身睡着了。

第二天一大早,岳飞沐浴更衣后,命王横准备好香纸等,问了驿官金山寺怎么走,就和王横等人出发了。来到寺门口,让其他人在门口等着,只带了王横一起走着上山。来到大殿上,拜过了佛祖,点了香,才去拜见方丈。就听见方丈说:

苦海茫茫未有涯,东君何必恋尘埃?

不如早觅回头岸,免却风波一旦灾!

岳飞听了,暗暗点头称赞:"这和尚果然有道行。我还没去见他,他就能知道我的想法。"正想着,从方丈的房里走出一个行者来说:"师父请元帅到里面相见。"岳飞跟着行者走进禅房。道悦下了禅床和岳飞相见,礼毕后,道悦才说:"岳元帅光临寒寺,老衲有失远迎,还请元帅恕罪!"岳飞说:"大师不必多礼。今天我来是有一件事情请教您。昨天晚上我做了一个怪梦,不知道是何寓意,所以特来请大师指点。"道悦说:"自古以来,日有所思才能夜有所梦。无事之人无梦,既然做了梦,就一定会有预兆。不知元帅做的是什么梦,说出来让老衲为你参看参看。"岳飞就把昨夜的梦境详详细细地说了一遍。

道悦听了面色一沉,说道:"元帅读了那么多书连这个都不明白吗?两犬对着说话,不是一个'狱'字吗?旁边站着两个人,一定有受连累的人。江中风浪,冒出怪物扑向你,明明是有风波之险,必遭奸臣谋害之兆啊!元帅这次回朝,恐怕要有牢狱之灾,你一定要小心才好啊!"岳飞说:"我为国家南征北讨,东荡西除,立下了很多战功。我不求朝廷加官晋爵,又怎么会有牢狱之灾呢?"道悦叹了口气,说道:"元帅说的不假,但是你也知道'飞鸟尽,良弓藏'的道理。自古以来,都是有难可以同当,有福未必同享啊。依我之见,元帅还是告老还乡吧,不要回朝。从此隐迹江湖,不问朝廷之事,这才是明智之举啊,也只有这样才能保全你自己和家人。千万不要逞一时之勇,伤及无辜啊!这才是万全之策啊。"岳飞听了大吃一惊:"多谢大师指点。说实话,岳飞很感激大师指点的这条万全之策。可是我岳飞以身许国,志在恢复中原,就是死了也心甘情愿了!大师就不必再劝我了,就此告辞。"道悦说:"好吧,既然你要一意孤行,老衲也不拦你,我送你一首诗,你要切记。"岳飞点头称是。道悦念道:

风波亭上浪滔滔,千万留心把舵牢。

谨避同舟生恶意,将人推落在波涛。

岳飞听后,再次拜谢,才和王横出来。一路上岳飞低着头不说话,一直走出了山门。道悦说:"看来元帅是心坚如铁

了,老衲也没有办法帮你了。你记住这几句话,或许还能逃过一劫!"岳飞说:"大师请讲,我一定牢牢记住。"道悦说:

岁底不足,提防天哭。奉下两点,将人荼毒。

老柑腾挪,缠人奈何?切些把舵,留意风波!

岳飞想了想,不解地问道:"请恕岳飞愚钝,实在无法参透内中的玄机,不知大师能否点化一下?"

道悦说:"请恕老衲不能据实相告,这是天机,元帅只管牢记在心,日后自有应验也。"岳飞辞别了禅师,出了寺门。下山来,四个家将接应下船。吩咐艄公解缆,开出江心。岳飞立在船头上观看江中景色,回想着刚才老和尚的话。正在此时忽然江中刮起一阵大风,猛然风浪大作,黑雾漫天。江中涌出一个怪物,像龙却没有角,像鱼却没有腮,张着血盆大口,朝船上狂吐毒雾。岳飞大吃一惊,忙叫王横取出沥泉枪朝着怪物戳去。

究竟岳飞能不能打赢怪物,参透诗中的玄机,千古忠烈岳飞又会有怎样的结局?请看下回分解。

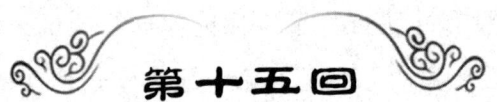

第十五回

英雄悲逝风波亭

岳飞举起沥泉枪，朝着怪物戳去。怪物并不伤人，只是把沥泉枪夺了过去，钻入水底，霎时风平浪息。岳飞仰天长叹道："原来这就是风波，不过是把我的神枪抢去而已！唉，可惜啊可惜！"说起沥泉枪，还是当年和周侗学艺时，在沥泉洞里找到的，因此取名沥泉枪。自打岳飞从军以来，这杆沥泉神枪随着他立下了汗马功劳，没想到竟然这样被怪物抢走了，岳飞好一阵难受，心里莫名的有些不祥的预感，禁不住又长叹了一声。

岳飞走了两三天，到了平江境内，忽然看见对面来了锦衣卫总指挥冯忠、冯孝，带领校尉二十名。冯忠问："前面来的，可是岳飞岳元帅？"王横上前回答道："正是我家帅爷。你们是什么人？问这个干什么？"冯忠说："我是锦衣卫总指挥冯忠，特地在此地等候岳元帅，请元帅接旨。"岳飞听到有圣旨，连忙下马跪在地上接旨。

冯忠、冯孝打开圣旨读道：

"岳飞官封显职，不思报国，反而按兵不动，克减军粮，纵兵抢夺，有负君恩。着锦衣卫押解来京，候旨定夺。钦此！"

岳飞刚要领旨谢恩，王横怒目圆睁，双眉倒竖，从地上跳了起来，抢起熟铜棍，大喝一声："呔！我是马后王横！俺随元帅征战这么多年，别的功劳不用说，就说如今在朱仙镇上大战两百万金兵，我们个个舍命争先，杀得金兵片甲不留，皇上不封功给赏，反倒说我们按兵不动，不是皇上让我们在朱仙镇等消息吗？韩元帅、张元帅、刘元帅也都在啊，为什么只要拿我家帅爷？谁敢动手，先吃我一棍！"

岳飞大喝一声："王横！这是皇上的谕旨，你不得无礼。如果你要犯上，那就是我教导手下无方，愧对皇上的栽培，我只有以死谢罪！"说着从腰间拔出宝剑，想要自刎。四个家将慌了，一齐上前抱住，夺下宝剑。王横跪下哭着说："老爷难道就让他们把你当成罪犯抓走吗？"

冯忠刚开始一看王横的态度，有些害怕，不过再一看王横已经被岳飞制住，于是提起腰刀来砍王横。王横正要起身还手，岳飞喊了一声："王横，不许动手！"王横再跪下来，冯忠一刀劈在王横头上。可怜王横半世豪杰，竟被大宋朝廷的锦衣卫所杀！

那四个家将见形势不妙，骑着岳飞的马，拾了铜棍，带了宝剑，趁乱的时候一齐逃走了。岳飞一看王横惨死，眼里流下泪水，对冯忠说："这王横也曾给朝廷出力，今天触犯了贵钦差被你们杀了。希望贵钦差施给他一口棺木盛殓，免得尸体暴露在外面！"冯忠答应了，就下令让地方官准备棺木盛殓。又暗暗把秦桧的文书传递到各地方官府，抓住跑了的四个家将，在水陆两方面仔细盘查，千万不能走漏风声，让人知道岳飞被抓的消息。于是把岳飞推上了囚车,押往临安,到了城中,暗暗送到大理寺狱中监禁。

第二天,秦桧假传圣旨,命大理寺正卿周三畏审理此案。周三畏接了圣旨,供在公堂,在狱中取出岳飞审问。岳飞来到堂上,看见中央供着圣旨,连忙跪下说:"罪臣岳飞拜见吾皇,愿吾皇万岁万岁万万岁!"

然后转身与周三畏见礼说:"周大人,犯官有罪,只求秉公处理!"

周三畏说:"岳飞,你官居要职,不思发兵扫北,以报国恩,反而按兵不动,坐观成败,又克减军粮,你还有什么话说?"

岳飞说:"周大人这么说就不对了! 要说按兵不动,犯官打败了金兵百余万,马上就要成功的时候,没想到圣旨把我召回朱仙镇养马。此事有元帅韩世忠、张信、刘琦等人可作证。"

周三畏说:"好吧,按兵不动就先这样。那么克减军粮的事情呢? 你有什么话说?"

岳飞说:"我岳飞一生对部下,如父子、兄弟一样,我克扣了谁的粮? 还请大人明鉴!"

周三畏说:"现在你手下军官王俊的状子就在这,说你克减了他的口粮。"

岳飞说:"朱仙镇上共有十三座大营,有三十余万人马,我为什么要单单克扣他的口粮? 还请周大人明察!"

周三畏听了,心中暗暗想道:"这事明明是秦桧这奸贼设计陷害他。如今我身为法司,怎么能屈打成招呢?"就说:"元帅先暂时请回狱中等候,等下官奏明圣上,候旨定夺。"岳飞谢了,狱卒又把他送回狱中监禁。

周三畏回家后闷闷不乐,仰天叹息着说:"得宠思辱,居安虑危。岳飞这么忠心耿耿,为朝廷立下无数战功,都会受到奸臣的陷害。我不过是一个大理寺,在奸臣掌握之中,要是错判了岳飞,良心何在!岂不遭人唾骂?如果公正的评判,秦桧又能放过我吗?不如辞了官职,隐姓埋名,全身而退。"主意已定,暗暗吩咐家眷,收拾行李和钱财。解下束带,脱下罗袍,将印信幞头象简都放案桌之上。等到五更,带了家眷和几个心腹家人不辞而别了。

秦桧见周三畏不肯依附他,挂冠逃去,想了一会儿,又派平时经常在自己门下走动的两个走狗来审岳飞的案子。这两个人也是大奸臣,秦桧暗暗吩咐,对付岳飞必须严刑拷打,把谋反的罪名安在他身上,如果能要了他的性命,将来朝廷就会记大功一件。

过了一天,他们俩在狱中提出岳飞审问。岳飞来到滴水檐前,抬头一看,不见周三畏,再看这两个人,就知道他们是秦桧的爪牙,知道自己的性命是危在旦夕了。两个奸臣依旧是让岳飞承认谋反的罪,岳飞哪里肯认罪,被重重地打了四十大板。可怜岳飞被打得鲜血直流,疼得死去活来就是不肯招认。两个爪牙又对岳飞进行严刑拷问,用檀木插指,让两个衙役在旁边用杖敲打檀木,好让檀木插得更深些。疼得岳飞昏死过去。打得岳飞头发散开,就地打滚,指骨尽碎!岳飞只是呼天捶胸，仍不肯招。二贼只好让狱卒仍把岳飞带回监狱，改日再审。

第二天岳飞又被痛打了一顿，岳飞要来纸笔，二人以为岳飞要招供，马上让人拿来笔砚。岳飞接过纸笔，写成一张招状，交给二贼。二贼接来一看，只见上面写着：

我一生立志恢复中原，雪国之耻。现在朱仙镇上同着韩、张、刘众元帅，力扫金兵两百万。若再定几日，正好进兵燕山，直捣黄龙，迎接二圣还朝。不意圣旨促回兵歇马，连用金牌十二道召我回来。哪有按兵不动之事？十三座营头，三十多万人马，若有克减军粮，怎能够安然如堵？岳飞一点忠心，唯天可表！

二贼看了大怒，叫来衙役将岳飞按倒在地。岳飞说："奸贼，今天想要置我于死地。我就算是死，也要变成厉鬼回来追杀你们两个！"

二贼大怒道："你不过是我们手中的一只蚂蚁，我们想要你的小命很容易，不过是顷刻间的事，你还嚣张什么！告诉你，是龙你得给我盘着，是虎你得给我卧着！"吩咐左右："打，给我狠狠地打！"岳飞霎时晕了过去，衙役又取来冷水把岳飞喷醒。

岳飞大声叫道："好，我就是死了也没什么可惜的！只是不要让我儿岳云和张宪知道，否则他们一定会来报仇的。我不想因此而毁了我的一世忠名！"二贼听见岳飞这么一说，吓得汗流浃背，关上牢门就走了。

第二天，二贼来到关押岳飞的大牢，请岳飞坐下，委屈地说："我们知道元帅为咱们大宋的江山立过汗马功劳。我们两个也不想背千古骂名，所以我们也曾试着给皇上递奏折，可是没有办法，秦丞相全都没收了。昨天您说岳公子和您的义子张宪还在外面，您为什么不请他们到这里，把您要上书的本子交给他们呢？这样的话也可以早日洗刷您的不白之冤，不知元帅意下如何？"

岳飞忙说："太好了，即使圣上不能批准，我也能见见我的两个儿子。"随即写了一封家书。

这两个奸贼忙到相府通报。秦桧命他们进私宅相见，二人进去，见了秦桧说："那个姓岳的，真是个硬骨头，我们都快把他打死了，他还是死活不肯招。而且他的两个儿子岳云、张宪也都是咱们大宋的猛将，咱们谁都不是他们的对手啊。所以我们骗岳飞说要救他，让他写信叫岳云、张宪来申冤。这不他写了一封信，我们就特地来交给太师爷定夺。"

秦桧看了大喜说："你们想得真周到，以后我一定向皇上禀明，论功行赏。"秦桧找来会模仿别人写字的门客，模仿岳飞的笔迹，说是：

奉旨召回临安，面奏大功，朝廷甚喜。你可同张宪速到京来，听候加封官职，不可迟误。

写完封好，马上让家丁徐宁，连夜赶往汤阴县去哄骗岳云、张宪来京城，准备一网打尽。岳云和张宪接到信后，连夜起程赶往临安。没想到，刚一到临安就被秦桧的人关了起来。

再说宋高宗，一天突然心血来潮，想要微服私访，于是扮

赵构、秦桧逛街图

成了客商模样,叫秦桧也改装一起去,往临安城里随便走一走。秦桧也扮成个随从。他们出了朝门,各处走了一会儿,偶然来到龙吟庵门前,只看见围着许多人在那里不知做什么。宋高宗和秦桧挤进人群里去一看,原来是一个拆字先生,招牌上写着"成都谢润夫触机测字",撑着帐篷,摆张桌子,正在那里替人拆字。

想起从前算的"春"字,宋高宗悄悄地对秦桧说:"爱卿也试着拆一字吧。"秦桧无奈,随手写了一个"幽"字,递给拆字先生谢石。谢石说:"这位大人要问何事?"秦桧说:"看看一生的命运吧。"谢石说:"'幽'字虽有泰山之安,但中间两个'丝'字缠住,只叫做双龙锁骨,尸体无存。眼下虽然好,恐怕年老的时候,不得善终,要早点找个退路才好。"秦桧嘴上说"领教了",心里却偷偷地骂道:"放屁,一派胡言,你才不得善终呢。明天我就找人拆了你的台,先送你的终!"送了些谢金,和宋高宗走了。

当时人群中有人见过秦桧,悄悄地说:"你这先生字虽断得好,只是拆出祸来了!刚才头一个正是当今天子,第二个便是秦丞相。你讲出这些言语,秦丞相能轻饶你吗?"另一个人说:"咱们快走吧!不要在这说是非,别受了连累!"众人听了,一哄而散。谢石想想道:"不好!"于是弃了帐篷,匆匆忙忙地逃走去了。秦桧陪着宋高宗回到朝中后,找了个理由回府了。回府后,马上派家丁去抓那个拆字的。抓了三四天也不见人影,只得罢了。

秦桧命他手下的奸贼,每天用极刑拷打岳飞父子三人招认,已经过了两个月,也没有供词,闷闷不乐。这一天,已经是腊月二十九日,秦桧和夫人王氏在东窗下对着火炉喝酒,忽然从后堂院子传进一封书来。秦桧拆开一看,原来不是书,而是心腹家人徐宁递进来民间的传单,这是一个不怕死的白衣,名叫刘允升,写出岳元帅父子受屈情由,挨门逐户的分派,约好日子,打算一起为岳飞请愿,替岳飞父子申冤。

秦桧看了双眉紧锁,心里十分烦闷。王氏问道:"传进来的是什么书? 相公看了就这样的心烦?"秦桧就把传单递给王氏说:"我假传圣旨把岳飞父子抓到狱中,每日严刑拷打,要他招认反叛罪名,到现在都两个月了,他们还是不肯招。民间都说他冤屈,想要上本替他申冤。如果这事儿传到皇帝耳朵里,你我都是砍头的罪。如果放了他,四太子那边我们又没有办法交代,唉,真不知道该怎么办好!"王氏把传单略看了看,拿着火箸在炉中炭灰上写了七个字:"缚虎容易纵虎难。"秦桧看了点头说:"夫人说得很有道理,要是放了他们就相当于放虎归山,后患无穷。你想,岳飞的那帮兄弟,叫什么皋的那个,连四太子他都敢骑,更何况是咱们了。唉,这可真是不好办啊!"说着,把灰上的字迹抹平了。

二人正说着,门卫走进来禀告:"万俟卨老爷送来黄柑,给太师爷解酒。"秦桧收了。王氏说:"相公可知道这黄柑有什么用处?"秦桧说:"这黄柑最能散火毒,所以他才送来,叫丫鬟剖来下酒。"王氏道:"不要剖坏了! 这个黄柑,乃是杀岳飞的刽子手!"秦桧道:"一个柑子怎么能当刽子手呢?"王氏说:"相公把这柑子挖空了,写一张小纸条藏在里边,叫人传出去,让他今天晚上在风波亭把岳飞父子秘密解决了!这样您的心事不就解决了吗?"秦桧大喜,忙写了一封信,叫丫鬟把黄柑的瓤去干净了,把纸条放在里面,封好了口,叫门卫交给徐宁,送给万俟卨。

再说这时岳云、张宪被关在一间牢房里,岳飞关在另一间屋子里,为的是不让岳飞父子见面。到了除夕夜,狱官倪完备了三桌酒席,将其中的两桌送到岳云、张宪房里;另外一桌,倪狱官亲自送到岳飞房内摆好,说:"今天是除夕,下官特意准备了一杯水酒,给元帅过年,希望元帅能早日沉冤得雪。"岳飞说:"让您多费心了!"岳飞坐着说:"恩公请坐。"倪完说:"下官不敢!"岳飞说道:"这又怕什么呢?"倪完在旁边坐下相陪。喝了几杯,岳飞说:"恩公请回吧!我想恩公一家,也要辞旧迎新年,一家团聚,快去吧,别让家人等着。"倪完说:"大人不必挂念。我想大人官到这样的地位,功盖天下,今天还要受到这样不公正的待遇,我们一家大小又算得了什么呢!下官愿意陪大人在这里喝两杯。"岳飞说:"既然是这样,岳飞在此多谢了!不知外面什么声音?"倪完起身看了一看,道:"下雨了。"岳飞吃了一惊说:"竟然下雨了!"

倪完说:"不光是下雨,还夹着些雪,这是国家祥瑞之兆,大人怎么这么吃惊?"岳飞说:"恩公有所不知,前些天我奉旨进京,到金山寺去访道悦禅师,他说我这次来临安,一定有牢狱之灾,再三地劝我辞官回家。我只一心想尽忠报国,就没听他的话。临行时他赠给我几句偈言,我一直不明白是什么意思,看到今天下雨了,我才明白一些了!看来朝廷是要除掉我了!"

倪完说:"为什么这么说,那几句偈言您能说来听听吗?"

岳飞说:"他前四句说的是:'岁底不足,提防天哭。奉下两点,将人荼毒。'我想今日是腊月二十九日,岂不是'岁底不足'吗?恰恰下起雨来,岂不是'天哭'吗?'奉'下加将两点,岂不是个'秦'字?'将人荼毒',正是要害我了!这四句已经应验。后四句道是:'老柑腾挪,缠人奈何?切些把舵,留意风波!'这四句还解不来,大约是要除我的意思。算了!恩公,借些纸笔来给我用一用。"

倪完马上把纸笔取来。岳飞写了一封信,把它封好,递给倪完说:"恩公请收下这封信。我死后,麻烦你到朱仙镇去。大营内是我的好友施全、牛皋在护着帅印;我还有一班弟兄们,他们个个是英雄好汉。如果他们知道我死了,肯定会起义反抗,如今金兵压境,我们还要自相残杀,无论是对国家还是个人,都是十分不利的。如果您能把这封信交给他们,一可以救了朝廷,二则可以保全我的一班兄弟,岳飞在这给您磕头谢恩了!"说着岳飞给倪完跪下,磕了三个响头。

忽然狱卒走进来,在倪完耳边轻轻地说了几句。倪完吃了一惊,不觉耳红面赤。岳飞说:"怎么了,这样的惊慌?"

倪完知道瞒不过了,只得跪下说:"现在有圣旨下了!"

岳飞说:"果然是要除了我?"

倪完说:"是有这样的旨意,只是下官不忍宣读啊!"

岳飞说:"这是朝廷的命令,怎能违抗?只是岳云、张宪那边恐怕会闹事,你先去把他们两个叫过来,我自有办法。"

倪完马上叫心腹去报知王能、李直，一面请来岳云、张宪。

岳飞说："朝廷旨意下来，不知道吉凶。和我一起去接旨。"

岳云说："恐怕朝廷要除掉我们父子，难道我们坐以待毙吗？"岳飞说："既然朝廷说要绑我们，自然有他的道理。"岳飞说完就亲自动手，先把两个人绑了。岳云一看是自己的父亲亲自绑了自己，跪在父亲面前，痛苦地说："爹，您出生入死十几年，为朝廷收复多少失地，朝廷要害您，我们为什么不反抗？我们活着大宋才有希望，如果我们死了，大宋也必然成为我们的陪葬！"

岳飞生气地说："逆子，不许胡说，你给我记住，君要臣死，臣不得不死！咱们爷仨在黄泉路上也有伴。爹，连累了你们，来生一定补偿你们！"然后问道："在哪接旨？"

倪完说："在风波亭上。"

岳飞说："道悦和尚最后一句'留意风波'也应验了，我还以为是扬子江中的风波，没想到竟然是'风波亭'！看来我们父子三人，今天就要死在这个地方了！"说完大踏步地走上了风波亭。两边秦桧的爪牙不由分说，拿起麻绳来，将岳飞父子三人勒死于亭上。

当时岳飞才三十九岁，公子岳云二十三岁。三人归天的时候，忽然狂风大作，灯火皆灭。黑雾漫天，飞沙走石。

倪完在亭下看着，痛哭流涕，那王能、李直得知此事，偷偷地买了三口棺木，抬放墙外。把三个人的尸骨从墙上吊出，连夜入棺盛殓，做了记号，悄悄地抬出了城，将棺木埋在了西湖边。当夜倪完就收拾行囊，出城门走了。按照岳飞的遗愿，倪完把信送到了军营，牛皋等看完信后，不禁放声恸哭！

大理寺正卿看到岳飞的结局，遁入佛门。后来去给李春和姚氏送信，才使得岳家满门忠烈得以保全。又过了几天，岳飞被害的消息惊动了满朝文武。赵构也很惋惜，但是迫于金国的压力，没有治秦桧的罪。但是江湖上的义士，都为岳飞鸣不平，于是发了一道追杀令，追杀秦桧、王氏等人。秦桧吓得辞官回乡，终日不敢出门，最后疯癫而死。金国一看宋朝没有了岳飞，也不再谈议和的事情。金兀术带兵直逼京城，在这次战役中，牛皋捉到了金兀术，把他脱光了衣服，骑在屁股下在营盘中当驴骑。金兀术忍受不了如此奇耻大辱，嚼舌自尽。牛皋看到金兀术死了，坐在他的尸体上大笑而终。

不过故事似乎还没有完结，岳飞轰轰烈烈的一生，他的精忠报国的大英雄气节，他视死如归的精神等等，都成了后世百姓传颂的佳话。千百年来岳飞一直是国人心中的偶像，然而秦桧这样的奸臣，最终只配落得万人唾骂的下场。秦桧死后不久，江南百姓恨他入骨，大家凑钱把几个首恶元凶（秦桧、王氏、张俊、万俟卨）铸成铁像，跪在岳飞坟前面。从此去参观的人，无论男女老少，都指着铁像咒骂，并用砖石乱打，还有在上面便溺的。等到铁像年久残毁，大家又凑钱铸新的，永远如此，遗臭无穷。坟前还有一副"青山有幸埋忠骨，白铁无辜铸佞臣"的对联。忠义之心常存，是我们这个国家的幸事，也是民族的幸事。